Michal Viewegh

Der Fall untreue Klára

Michal Viewegh

Der Fall untreue Klára

ROMAN

Aus dem Tschechischen
von Eva Profousová

Deuticke

Die Originalausgabe erschien erstmals 2003 unter dem Titel
Případ nevěrné Kláry im Verlag Petrov, Brünn.

Danksagung
an Dr. Jiří Kamenik, stellvertretender Vorsitzender der
Assoziation tschechischer Detektiv- und Sicherheitsdienste,
für seine wertvollen Anregungen und Kommentare.

1 2 3 4 5 11 10 09 08 07

ISBN 978-3-552-06069-2

Satz: Eva Kaltenbrunner-Dorfinger, Wien
Druck und Bindung: Ebner & Spiegel, Ulm
Printed in Germany

»Also, erzähl«, befehle ich Denis. Mit der Pistole ziele ich auf eine der schwarzen Sonnen, mit denen sein frisch aus China mitgebrachtes Jackett bestickt ist.

Seit das Video zu Ende ist, spüre ich eine unglaubliche Aufregung und Wut, gleichzeitig bin ich irgendwie feierlich erregt. Das harte, schwere Metall liegt vertraut in der Hand. In den letzten Wochen war ich öfters auf dem Schießplatz, und außerdem habe ich zu Hause häufig mit der Pistole gespielt. Neu und erregend ist vor allem, dass die Waffe geladen ist und dass ich sie auf einen Menschen richte. So etwas wäre auf dem Übungsplatz undenkbar.

Wir sitzen in seinem Büro. Nach außen hin strahlt Denis Ruhe aus, aber nach den paar Wochen unserer Bekanntschaft entgeht mir nicht, wie nervös er in Wirklichkeit ist. Als ich uns vorhin in der Kanzlei einschloss, da begriff er, dass es mir ernst war.

»Du willst mich töten?«, fragt er.

»Ja.«

Sein Lächeln wirkt unsicher, das ist ungewohnt.

»Übrigens – von wegen töten«, sage ich verächtlich. »Kundera meint, es wäre dumm, wenn der Autor seinem Leser würde einreden wollen, dass seine Figuren wirklich gelebt haben.«

»Also ist der Roman zu Ende?«

»Genau. Ich brauche dich nicht mehr.«

Obwohl er damit sein Schicksal besiegelt, nickt er kaum

merklich. Der Fernsehbildschirm ist dunkel, die Vorhänge sind geschlossen. Das, was ich vor einer Weile mit eigenen Augen hier gesehen habe, will mir noch immer nicht in den Kopf.

»Erzähl schon, Denis«, fordere ich ihn erneut auf. »Erzähl und überleg dir jedes Wort.«

Sein Schweigen dauert zu lange, also entsichere ich die Pistole. Die scharfen, präzisen Geräusche unterstreichen ihre Bedeutung: Sie beherrscht jetzt den ganzen Raum.

»Der Dreh- und Angelpunkt der ganzen Geschichte«, sage ich.

Wie verhext starrt Denis in die Mündung der Pistole.

»Mach schon!«

Endlich öffnet er den Mund. »Ich weiß nicht, was ich erzählen soll. Was kann man noch dazu sagen?«

Er hat offensichtlich Angst, aber er will seine Würde bewahren. Irgendwo tief unter meiner Wut und Eifersucht gefällt mir das.

»Fang ruhig am Anfang an«, empfehle ich ihm. »Ich liebe chronologisch erzählte Geschichten.«

1.

Norbert rief am zweiten Dienstag im September an, kurz nach sechs – zu einer Zeit also, zu der ein Klient (ein Wort, das mir früher – wie Ihnen vermutlich auch – äußerst ungewohnt vorkam; heute verwende ich es ganz automatisch) nicht mehr in der Kanzlei anruft. Er geht davon aus, dass er zu dieser späten Stunde kaum noch jemanden hier antreffen würde. Das war der erste, bei weitem aber nicht der letzte Punkt, in dem sich Norbert von den anderen betrogenen Männern unterschied, die normalerweise unsere Dienste in Anspruch nahmen.

»Ich bin nur einer Ihrer üblichen eifersüchtigen Klienten, ich behaupte nicht, anders zu sein als die anderen«, sagte er etwa eine Woche später zu mir; ich hatte den Eindruck, als ob er etwas zitiert hätte, und später fand ich diesen Satz tatsächlich in einem Roman von Graham Greene wieder.

Die Fähigkeit einer solchen Selbstreflexion, die bei eifersüchtigen Männern ziemlich selten vorkommt, verstärkte paradoxerweise das Besondere an seiner Situation noch – dessen war er sich natürlich auch bewusst.

Beim ersten Klingen des Telefons warf Stoffel (tut mir leid, für seinen Spitznamen trage ich keine Verantwortung), der jüngste von meinen drei Angestellten, einen argwöhnischen Blick auf seine Armbanduhr. Offensichtlich fürchtete er, dass wieder mal ein verzweifeltes Elternteil am Telefon sein könnte, das soeben in dem unaufgeräumten Zimmer seines sechzehnjährigen Sprösslings eine nur halbherzig versteckte Dose mit Marihuana oder ein paar Ecstasy-Tabletten entdeckt hatte und *gleich und sofort* etwas unternehmen wollte – was auf eine unangenehme Weise Stoffels Pläne für den heutigen Abend durchkreuzt hätte. Ich weiß zwar nicht, was genau er vorhatte (wahrscheinlich auf seinem Mountainbike Kunststücke vollführen, im Park auf einer Bongo trommeln oder auf einer besonders überfüllten Kreuzung mit Kegeln jonglieren und unter dem Banner *Die Straße den Menschen!* den ohnehin kollabierenden Verkehr vollständig lahmlegen), aber es musste schon etwas Wichtiges sein, weil er mich bereits vor einigen Tagen gebeten hatte, für ihn das heutige Beschatten von Ingenieur Carda zu übernehmen. Er erlaube sich nur deswegen darum zu bitten, sagte er, weil Carda mit seiner Geliebten jeden Dienstag den Swimmingpool im Hotel Intercontinental aufsuche, sodass dieser Auftrag ein *echtes Leckerli* zu sein verspreche.

Sandra, die bereits in ihrem roten Kunstledermantel steckte, der nach meiner laienhaften Meinung etwas zu eng saß und somit unnötigerweise ihre Beleibtheit unterstrich, kehrte vom Spiegel auf dem Flur zu ihrem musterhaft aufgeräumten Schreibtisch zurück (auf dem in einem geschmacklosen Rahmen aus Kaninchenfell ein Riesenfoto von ihrem Freund prangte) und hob mit einem demonstrativ geduldigen Lächeln den Hörer ab. Ich wusste, dass sie auch dann ans Telefon gegangen wäre, wenn sie mich nicht im Büro gewusst hätte. Sie arbeitete schon seit sieben Jahren für mich, um genau zu sein seit ihrem achtzehnten Lebensjahr, und ich konnte mich auf sie, genauso wie auf Stoffel und Nina, voll verlassen.

»Detektivkanzlei Dr. Pravda, guten Abend.«

Bis auf eine feine Ironie in den Worten *guten Abend* war in ihrem Ton keine weitere Spur von Missmut zu erkennen. Das wusste ich zu schätzen. Verstohlen sah ich ihr durch die offene Tür zu: Sie lauschte aufmerksam der Stimme am anderen Ende der Leitung und nahm gleichzeitig mit den Augen Kontakt zu Stoffel auf. Nach der Art, wie sich der Klient vorstellte, war sie meist imstande zu erraten, welche Detektivleistung er in Anspruch nehmen wollte, und vermittelte noch während des Telefonats ihre Einschätzung durch verschiedene mehr oder minder verständliche Gesten. An jenem frühen Dienstagabend war es einfach: Sie ballte die freie Hand zur Faust und streckte den kleinen Finger und den Zeigefinger in die Luft.

»Der nächste Gehörnte«, meldete Stoffel.

Ich seufzte: Mir war klar, dass es sich in diesem Fall nicht um Zynismus, sondern lediglich um professionellen Slang handelte, aber auch den habe ich nie besonders leiden können. Und seit dem letzten Sommer, als meine gesamte Persönlichkeit zwei Wochen lang auf *die Galle vom Zimmer 6* reduziert war (wie eine Krankenschwester im Krankenhaus am Karlsplatz leicht schnippisch direkt vor mir fallen ließ), versuche ich ähnliche Ausdrücke zu vermeiden, gleichwohl ich sie bei meinen Angestellten – natürlich nicht in Anwesenheit der Klienten – schweren Herzens toleriere.

»Ja, ich leite Sie weiter«, sagte Sandra. »Denis, für dich.«

Ich griff nach dem Telefon, das sich auf meinem neuen Arbeitstisch aus massivem Kirschholz befand, und sagte meinen Namen in den Hörer.

»Norbert Černý, guten Tag. Herr Doktor, ich würde gerne mit Ihnen einen Termin vereinbaren.«

Vielleicht hatte Norbert in seinem Gespräch mit Sandra tatsächlich irgendwelche Anzeichen von Nervosität erkennen lassen, jetzt aber klang seine Stimme fest und ausgeglichen.

»Verzeihen Sie die Frage – Sind Sie der Norbert Černý? Der Schriftsteller?«

Sandra zog die Augenbrauen hoch und blähte drollig ihre Backen auf.

Norberts Stimme klang amüsiert, als ob er Sandras Grimasse mitbekommen hätte: »Ja, das bin ich, leider.«

»Na dann, *Meister*«, sagte ich etwas unbedarft (noch nie im Leben hatte ich mit einem Schriftsteller gesprochen), »was können wir für Sie tun?«

»Das möchte ich Ihnen gerne persönlich sagen. Was meinen Sie, hätten Sie diese Woche Zeit für mich?«

In seiner Intonation fiel mir jene vertraute höfliche Zurückhaltung auf, die wir für gewöhnlich im Umgang mit Menschen annehmen, von denen wir zwar etwas brauchen, sie aber nicht besonders schätzen oder sogar heimlich verachten. Das macht mir schon seit Jahren nichts mehr aus.

Ich habe gelernt, auf solche versteckten Beleidigungen gar nicht zu achten. Ohnehin habe ich mir nie einreden wollen, dass es sich bei meinem Beruf um eine besonders vornehme Arbeit handelt; ein Privatdetektiv kann zwar hier und da bei einer guten Sache helfen, den überwiegenden Teil seiner Zeit wühlt er aber in fremdem Dreck herum.

»Aber natürlich«, erwiderte ich. »Welcher Tag passt Ihnen am besten?«

»Ich richte mich nach Ihnen.«

Ich warf einen Blick in meinen ledernen Kalender.

»Donnerstag um drei?«

»Gut. Donnerstag, der zehnte, um drei.«

»Die Adresse unserer Kanzlei kennen Sie?«, fragte ich.

Er zögerte kurz.

»Wäre es möglich, dass wir uns irgendwo anders treffen? Ich würde Sie lieber zum Essen oder auf ein Bier einladen.«

Heute weiß ich natürlich, was ihn bedrückte: Er wollte ein Wartezimmer voll mit *gehörnten Ehemännern* vermeiden. Er hatte Angst vor einem Sessel, in dem noch vor fünf Minuten ein anderer Unglücksrabe gesessen hat.

»Alle Kliententreffen finden in meiner Kanzlei statt«, wandte ich ein. Schon deswegen, weil sich hier ein Störungsgerät für Abhöranlagen befindet – aber das behielt ich natürlich für mich.

Er schwieg.

»Ich habe die Kanzlei neulich für ziemlich teures Geld renovieren lassen«, fügte ich hinzu. »Allein die italienischen Möbel haben mich eine Dreiviertelmillion Kronen gekostet – und Sie bieten mir ein Treffen in einer *Kneipe* an?«

Er lachte nicht.

»Vielleicht sollten Sie noch eines wissen – das gilt für alle meine Klienten –, alle Gespräche, die hier geführt werden, unterliegen absoluter *Diskretion*«, fuhr ich fort. »Ganz konkret: Es gibt hier zwei Eingänge. Sie können sicher sein, dass Sie hier niemandem begegnen.«

Um ehrlich zu sein, hatte ich den zweiten Eingang erst vor einem Jahr im Zuge der erwähnten Renovierung machen lassen; auf die Idee brachte mich die Anzeige einer Klinik, die auf die Heilung von Hämorrhoiden und Erektionsstörungen spezialisiert war.

»Nicht einmal Ihrer Sekretärin?«, lächelte Norbert gezwungen. »Die zwar mit einem wahnsinnig diskreten und taktvollen Gesicht herumläuft, aber bei jeder Gelegenheit auf meinen Schritt stiert?«

Ich blickte bedeutungsvoll zu Sandra.

»Meine Sekretärin wird natürlich da sein, aber ich werde dafür sorgen, dass sie Ihnen kein einziges Mal auf den Schritt starren wird.«

Sandras Kiefer klappte so weit auf, als ob ihr gerade von einem unsichtbaren Arzt die Mandeln herausgezogen werden sollten.

»Versprechen Sie, dass sie sich noch vor meiner Ankunft mit dem Gesicht zur Wand stellt«, passte sich Norbert meinem leichten Ton an. »Oder noch besser: Stülpen Sie ihr etwas über den Kopf.«

»Eine gute Idee. Wir stülpen der Sekretärin etwas über den Kopf.«

»Häh?!«, japste Sandra.

»Gut, dann komme ich«, gab sich Norbert endlich einverstanden. »Obwohl …«

Er dachte kurz nach.

»Vielleicht sollte ich Ihnen doch noch etwas erklären.«

Er habe vor, einen Roman zu schreiben, dessen Held, ein Privatdetektiv, eine untreue Ehefrau beschatten soll, erklärte er. Daher würde er mich gerne wegen einiger Details konsultieren.

2.

»Heute sollte doch Stoffel mit Nina Dienst haben, oder?«, fragte Ruth.

Sie bügelte ihr schwarzes *Cocktailkleid* mit dem runden Ausschnitt; sie war nackt und nicht einmal mein Kommen brachte sie dazu, sich etwas überzuziehen. Ruth wusste, dass sie es sich immer noch leisten konnte. Eine gut erhaltene Figur, hatte sie einmal gesagt, sei einer der wenigen Vorteile kinderloser Frauen.

»Er hat mich gefragt, ob ich übernehmen könnte«, antwortete ich.

Mein Blick ruhte auf ihr mit einem melancholischen Wohlgefallen, mit dem wir gewöhnlich schöne Sachen betrachten, nach denen wir uns nicht besonders sehnen – oder die wir uns nicht leisten können.

»Also eine Art *Ersatzdienst*, ja?«, sagte sie neckisch, während ich in der Schublade von unserem Kleiderschrank nach meiner Badehose suchte.

»Ja.«

»Und wie immer nimmst du den gerne an.«

»Ich wusste, dass du heute zum Abendessen ausgehst.«

»Rede dich nicht auf mein Abendessen raus. Ich glaube eher, du hast dich beim Wettbewerb *Chef des Jahres* angemeldet«, neckte sie mich.

Selbstverständlich war mir die Ursache für ihre gute Laune wohlbekannt: Der *Traumatologe* Zdeněk hatte sie zum Abendessen eingeladen. Vor langer Zeit hätte mich so etwas beunruhigt, aber heute war alles anders: Wenn Ruth sich freute, dann freute ich mich meistens auch. So etwas können meine Klienten nicht begreifen.

»Erraten«, lächelte ich.

Mit ein paar Schritten umrundete ich das Bügelbrett und

schloss sie von hinten in die Arme. Sie duftete nach Bad und Bodylotion. Sanft drückte sie ihren Po in meinen Schoß, hörte dabei aber nicht auf zu bügeln; der Dampf zischte. Ich erwischte mich dabei, dass mich das unangenehm berührte. Das fand ich überraschend, beinahe amüsant. Nach neun Jahren Ehe mit Ruth und zehn Jahren als Privatdetektiv redete ich mir gerne ein, dass ich über die Eifersucht bestens im Bilde war und dass *sie* mich Gott sei Dank nicht mehr betraf. Trotzdem tauchten immer wieder Momente auf, in denen diese oder jene Kleinigkeit in mir zwar flüchtige, aber trotzdem unangenehme Erinnerungen an jene Zeiten hervorrief, als ich noch eifersüchtig gewesen war. Etwas Ähnliches passiert mir ab und an im Zusammenhang mit meiner Gallenblase: Obwohl sie vor zwei Jahren komplett beseitigt wurde, meldet sich manchmal an der gleichen Stelle ein schwaches Echo des stechenden Schmerzes von damals.

»Oder es ist doch anders«, überlegte Ruth laut. »Du hast Stoffels Dienst übernommen, weil es dir immer noch *Spaß* macht. Heimlich fremde Menschen zu filmen ist doch ein echtes Abenteuer.«

Auch sie war von meiner Arbeit nicht richtig begeistert, aber sie hat mir das nie direkt gesagt. Im Gegensatz zu den vielen verbohrten Moralisten war ihr klar, dass nicht jeder als Hebamme oder Lehrer in einer Blindenanstalt arbeiten kann. Was aber das angebliche *Abenteuer* betraf, das sie mit meiner Arbeit verband, da irrte sie sich: Menschen zu beschatten ist selten amüsant, meistens ist es langweilige Routine. Meine Bereitwilligkeit, den Dienst von den Kollegen zu übernehmen, hing mit etwas anderem zusammen – mit etwas, das ich nicht einmal Ruth gestehen konnte. In letzter Zeit wusste ich manchmal nicht, was ich mit meiner Freizeit anfangen sollte, insbesondere wenn Ruth nicht da war (verstehen Sie mich nicht falsch: Es machte mich nicht eifersüchtig, dass sie mit jemandem ausging – mir fehlte einfach nur ihre Anwesenheit), und die stundenlangen Wartereien in den Sesseln verschiedener Hotellobbys oder im Auto vor dem Haus eines potenziellen Fremdgängers schafften mir dieses Problem auf angenehme Weise vom Hals.

»Wie lange arbeitet Nina schon bei dir? Seit fünf Monaten?«

»Seit einem halben Jahr.«

»Ist mal was gewesen – zwischen dir und Nina?«, fragte Ruth auf einmal.

»Nein. Das hätte ich dir doch erzählt.«

»Aber daran gedacht hast du schon, oder?«

Es gab keinen Grund, ihr nicht die Wahrheit zu sagen.

»Schon.«

Ruth nickte zustimmend.

»Das habe ich mir gedacht.«

»Und du?«, lächelte ich. »Könntest du dir was mit Nina vorstellen?«

Ruth schürzte die Lippen und schob sich den Zeigefinger in den Mund.

»Vorstellen kann ich mir fast alles«, sagte sie. »Das weißt du doch.«

Sie sah gedankenverloren zur Seite. Ich wusste, dass wir beide an dasselbe dachten. Noch wollte ich das Thema nicht wechseln.

»Was mich betrifft, da glaube ich kaum, dass Nina mit ihren Erfahrungen Lust hätte, ausgerechnet mit einem alten Eheknochen wie mir eine Affäre anzufangen«, sagte ich.

»Na«, wandte Ruth ein, »ein ganz typischer Eheknochen bist du ja nicht …«

»Da hast du wohl recht.«

»Und Nina weiß das. Du könntest wenigstens einen Versuch wagen – wenn du es immer noch nicht gemacht hast.«

»Nein.«

»Dann versuch's doch.«

»Wie?«

Ruth stellte endlich ihr Bügeleisen zur Seite. Das fand sie jetzt wirklich spannend. Sie reckte ihr Kinn nach vorne und kniff die Augen zusammen. Ich wusste, dass sie im Geiste Nina vor sich sah.

»Sei aufmerksam – aber nicht zu stürmisch«, sagte sie nachdenklich. »Zeig ihr dein Interesse. Frag sie nach den Kindern. Frag sie, wie sie das alles alleine ohne Hilfe schaffen kann. Zeig ihr deine Anerkennung. Bestell ihr was zum Trinken.«

»Während der Arbeit wird nicht getrunken«, erinnerte ich sie.

Ruth winkte ab.

»Im Swimmingpool halte schön Abstand. Keine Intimitäten – zumindest am Anfang nicht. Keine billigen Doppeldeutigkeiten. Hilf ihr in den Bademantel. Du kannst ihren Rücken streicheln. Sieh ihr dabei in die Augen.«

»Soll ich sie küssen?«

Ruth legte den Kopf schräg.

»Vielleicht«, sagte sie zögerlich. »Aber erst zum Abschied. Leicht wie ein Windhauch. Lieber nur auf die Wange – dafür aber lang. *Unverzeihlich* lang!«

Ich sah sie an.

»Ist dir klar, dass du eine unverzeihlich raffinierte Schlange bist?«

»Aber zieh den Abschied nicht zu sehr in die Länge. Sag ihr, dass du dich auf den nächsten gemeinsamen Dienst freust.«

»Und wenn ich nach Hause gehe, soll ich *Tschüss* sagen?« Ich schnitt eine Grimasse.

Ruth sah zu mir auf.

»Denis?«, sagte sie. »Du *weißt* doch, wie gut meine Ratschläge funktionieren – oder hast du das vergessen?«

Sie hatte recht: Vor elf Jahren sind wir durch ihre Instruktionen sogar zusammengekommen.

Der Anfang war traurig: In die Notaufnahme des Krankenhauses, wo sie arbeitete, brachte ich damals einen toten achtjährigen Jungen, der in Prag-Holešovice gerade in dem Moment von einem Auto erfasst wurde, als ich vorbeifuhr (vergeblich hatten ich und ein paar andere Autofahrer versucht, das Kind wiederzubeleben; irgendwann hatten wir es aufgegeben, aber der Krankenwagen wollte und wollte nicht kommen). Ruth beugte sich über den kleinen reglosen Körper. Ihre scheinbare Ruhe imponierte mir, unter der, wie sich später herausstellte, eine echte Trauer lag.

»Besteht Hoffnung?«, fragte ich.

Sie schüttelte den Kopf, sah zu meinem blutverschmierten Hemd und verschwand wieder im Krankenhausgebäude.

Ich fand heraus, wie sie hieß, besorgte mir ihren Dienstplan, und trotzdem brachte ich es zu nichts weiter als zu drei gezwungenen, formalen Besuchen in dem nach Desinfektion riechenden Schwesternzimmer. Über der Leiche eines Kindes zu flirten fand ich geschmacklos. Ruth bemerkte natürlich, was in mir vorging.

»Wollen wir bis zum Tode nur noch trauern?«, fragte sie, als sie zum dritten Mal für mich einen Kaffee aufsetzte.

Damit hatte ich nicht gerechnet.

»Was schlagen Sie vor?«

»Wollen Sie mich nicht zur Abwechslung mal auf einen Tanzdampfer einladen?«

»Tanzdampfer?«, sagte ich überrascht.

Sie ging neben mir in die Hocke und fasste nach meinen

Händen. Abgesehen von der Begegnung über der Krankentrage waren wir uns noch nie so nah.

»Der Junge ist tot und das tut mir sehr leid«, sagte sie. »Aber wir beide sind noch am Leben, Denis. Dementsprechend sollten wir uns benehmen.«

Die ruhige, vernünftige Ruth.

»Da gibt es noch etwas«, sagte ich nach einer Weile. »Ich bin bei der Polizei.«

Sie zuckte mit den Schultern.

»Ich kann wiederum keine Kinder bekommen. Nobody is perfect.«

3.

Der Swimmingpool im Hotel Intercontinental ist nicht besonders groß, zum Glück waren nur ein paar Leute da.

»Hast du mal etwas von Norbert Černý gelesen?«, fragte ich Nina.

Ich will nicht bestreiten, dass ich mich über Norberts Anruf gefreut habe. Seit Jahren war ich für viele einfach nur der *Schnüffler* (oder etwas in der Art) – und nun interessierte sich einer der bekanntesten tschechischen Schriftsteller für meine Arbeit. Nina hielt sich am Rande des Beckens fest und schüttelte ungläubig ihren Kopf mit den hellen, kurz geschnittenen Haaren.

»Schau mal auf die Uhr: Es ist acht Uhr abends und ich arbeite noch«, verkündete sie empört. »Glaubst du, dass eine alleinerziehende arbeitende Mutter von zwei Kindern Zeit hat zu lesen?«

»Eigentlich nicht«, sagte ich.

»Seit ich schwanger wurde, schaffe ich gerade mal *Betty am Herd* …«

»Nicht einmal das Wochenjournal *Unser Mutterkuchen*? *Moderne Gebärmutter* auch nicht?«

Sie lachte, wurde dann aber ernst.

»Manchmal reicht es mir echt«, beschwerte sie sich.

Um die Hüften herum war sie etwas voller, ansonsten sah ihre Figur fast perfekt aus; bestimmt machte sie regelmäßig Gymnastik.

»Nina?«, sagte ich. »Ich wollte dir schon lange sagen, wie ich bewundere, was du alles alleine schaffst – und dabei noch super aussiehst.«

Sie setzte ein misstrauisches Gesicht auf.

»Das meine ich ernst«, sagte ich und strich leicht über ihren nackten Rücken.

Noch eine Weile schwammen wir hin und her, dann stieg Nina aus dem Wasser. Ich folgte ihr und half ihr in den schneeweißen Bademantel, den wir an der Rezeption bekommen hatten. Ich schob ihr einen der beiden Liegestühle zu, die unter einer echten Palme standen. Ihre Blätter waren effektvoll von mehreren Strahlern beleuchtet.

»Danke«, sagte sie.

Ich setzte mich neben sie.

»Stoffel hat nicht gelogen«, bemerkte ich zufrieden. »Der Auftrag ist ein *echtes Leckerli.*«

In Stoffels Wortschatz bezeichnet ein *echtes Leckerli* eine unter besonders angenehmen Arbeitsbedingungen stattfindende Beschattung – zum Beispiel in eleganten Hotels und Restaurants; auf der entgegengesetzten Seite von Stoffels Skala steht der sogenannte *totale Frust*, der zwar die gleiche Tätigkeit bezeichnet, allerdings in Kälte, Regen, billigen Spelunken oder hässlichen Arbeiterwohnheimen. Auch wenn ich derartige Slangausdrücke vermeide, muss ich gestehen, dass sie die Sache auf den Punkt bringen: Die heimliche egoistische Freude, die mich jedes Mal unweigerlich überfällt, wenn ich mitten im grauen Prager Winter von einem schluchzenden Geschäftsmann erfahre, dass der Seitensprung von seiner Ehefrau allen Indizien nach auf den Kanarischen Inseln stattfindet, diese Freude ist mir mehr als vertraut ... Die Beschattung von Ingenieur Carda war nicht nur ein *echtes Leckerli*, sondern auch noch *easy going* (das heißt Beschattung leicht gemacht) und das gleich aus zwei Gründen: Erstens fand Stoffel heraus, dass Carda und seine rothaarige Geliebte das Intercontinental immer pünktlich um acht betreten (zunächst eine Stunde Fitness-Center, dann wechseln sie in den nebenan gelegenen Swimmingpool), sodass Nina und ich rechtzeitig die passenden Plätze einnehmen konnten und nicht unnötig lange warten mussten. Zweitens hat mir Frau Carda deutlich zu erkennen gegeben, dass es im vorliegenden Fall seit Langem nicht um Liebe, sondern ausschließlich um Besitz geht, womit sie mich im Voraus von etwaigen Gewissensbissen befreite (zwar mache ich diese Arbeit schon seit zehn Jahren, aber ob Sie es glauben oder nicht, bestimmte Situationen machen mir noch heute zu schaffen).

Nina kämmte sich gerade, als der Kellner kam; auch ihm konnte nicht entgangen sein, dass ihre Haare an der Wurzel dunkel nachwuchsen. Mit meinen bald fünfzig Jahren passte ich zu der fünfunddreißigjährigen Nina eindeutig besser als der viel jüngere Stoffel; wenn er hier wäre, überlegte ich, müssten sie so tun, als ob sie sich gar nicht kennen würden. Als Paar wären sie zu auffällig.

»Möchtest du etwas trinken?«, fragte ich.

Sie schüttelte den Kopf.

»Zweimal Tequila Sunrise«, sagte ich.

Nina zog die Augenbrauen hoch. Der Kellner lächelte wissend und eilte fort. Was weißt du denn schon?, dachte ich.

»Bei Sandras Geburtstag habt ihr doch Tequila getrunken, oder?«

Sie nickte, steckte den Kamm in den kleinen Kosmetikkoffer zurück, in dem sich außer Toilettenartikeln auch eine Kamera befand (eine billige schwarzweiße Pinhole), und stellte ihn offen auf den Boden neben ihre Liege. Sie sah sich verstohlen um und schob dann die Zeitschrift ELLE unter die Kofferkante ... Womöglich nahm sie diese Arbeit etwas zu ernst, aber andererseits war es nicht schwer zu begreifen, warum: Fünf Jahre lang war sie mit einem verheirateten Polizeioffizier zusammen, der sie die ganze Zeit mit dem Versprechen hinhielt, sich scheiden zu lassen. Später, nachdem sie den Polizeidienst quittiert hatte, heiratete sie einen angeblich genialen IT-Programmierer, von dem sie Zwillinge empfing. Ein Jahr nach der Geburt ließ er Nina wegen der achtzehnjährigen Empfangsdame seiner Firma sitzen. Für die Beschattung von untreuen Ehemännern war Nina also fast ideal geeignet. Im Gegensatz zu mir hatte sie eine ausgezeichnete Motivation und keine moralischen Hemmungen.

»Du könntest auch mal die alte Kiste wegschmeißen und dir was Besseres kaufen«, bemerkte sie in Richtung Koffer. »Eine Digitalkamera. Dann wären die Filme endlich in Farbe!«

Ich winkte ab.

»Wozu? Für solche wie Carda langt die allemal aus.«

»Schwarzweiß sieht total billig aus.«

»Schwarzweiß wirkt viel dramatischer.«

Ich sah zu, wie sich auf Ninas hübschen Beinen die ersten trockenen Inseln bildeten.

»Bei den Videoprojektionen stört mich eher etwas anderes«, sagte ich. »Diese furchtbare Stille.«

»Die *Stille* wird Frau Carda wohl am allerwenigsten stören.« Nina zog eine Grimasse, aber sie wusste sicherlich, was ich meinte.

»Man bräuchte Musik dazu. Ruhige, nachdenkliche Musik, die es den unter Seitensprung leidenden Klienten leichter machen würde, sich mit der Realität abzufinden.«

Es war nicht das erste Mal, dass ich – halb scherzhaft, halb ernst – darüber nachdachte; zu kompromittierenden Aufnahmen wirkte die eisige Stille in der Tat beklemmend.

»Klar. Wie wär's mit: *Yesterday, all my troubles seemed so far away?*«, intonierte sie sauber.

Der Kellner kam mit den Drinks. Ich reichte Nina einen – sie zögerte, nahm das Glas aber schließlich an.

»Währen der Arbeit trinke ich normalerweise nicht«, informierte sie mich.

»Das ist heute aber eine ziemlich nette Arbeit, oder?«, warf ich ein.

Die automatische Glastür, die zur Bar führte, ging auf. Carda mit seiner blutjungen Rothaarigen war da. Sie gingen auf den Whirlpool zu.

»Nein. Es war schon immer eine ekelhafte Arbeit, das ist sie und das wird sie immer bleiben«, sagte Nina leise und stellte die Kamera an.

4.

Norbert kam am Donnerstag pünktlich um drei; in meiner Vorstellung habe ich wer weiß warum das Klischee verinnerlicht, dass Künstler immer zu spät kommen, und seine Pünktlichkeit freute mich daher umso mehr.

»Möchten Sie einen Kaffee?«

»Gerne, bitte.«

Wir setzten uns. Zu Hause hatte ich auf dem Umschlag eines seiner Bücher gelesen, dass er vierzig Jahre alt war, in Wirklichkeit sah er aber jünger aus; er lächelte ungezwungen. Er beugte sich zu seiner Aktentasche hinunter und holte gleich drei seiner Romane heraus.

»Eine Widmung gefällig?«, fragte er entgegenkommend.

»Ja«, bat ich, »die beiden hier für Ruth und diesen für Nina.«

Er erfüllte meinen Wunsch, ohne ihn zu kommentieren.

Der Kaffee wurde uns nicht wie üblich von Sandra, sondern von Stoffel gebracht. Ich lachte und Norbert deutete dies falsch, als eine Reaktion auf Stoffels Aussehen; an seine Dreadlocks und Ohrringe war ich gewöhnt, aber mir war klar, dass sich die meisten meiner Klienten den augenfälligen Kontrast zwischen Stoffels Kleidung und der luxuriös eingerichteten Kanzlei nicht richtig erklären konnten.

»Sandra möchte wissen, Chef, ob Sie sie heute noch brauchen?«, sagte Stoffel.

Norbert beobachtete ihn mit lebhaftem Interesse.

»Nein, Nina ist ja da«, sagte ich. »Du kannst auch schon nach Hause gehen.«

Stoffel hob den Daumen hoch.

»Na dann: muchas gracias und adios!«

Norbert wartete, bis die gepolsterte Doppeltür hinter Stoffel zugefallen war.

»Ich nehme an, dass es sich hier um eine raffinierte Verkleidung handelt, die ihm den Einsatz in der jugendlichen Kulturszene erleichtert?«

»Nein. Er zieht sich freiwillig so an.«

Norbert rührte langsam seinen Kaffee um.

»Sie scheinen ein toleranter Chef zu sein«, bemerkte er.

»Manchmal wahrscheinlich viel zu tolerant. Aber darf ich Sie fragen, warum Sie für die *Konsultation* für Ihren geplanten Roman ausgerechnet unsere Kanzlei gewählt haben?«

Norbert suchte in meinem Gesicht nach Spuren von Ironie, konnte aber nichts dergleichen entdecken.

»Weil Sie auf dem Gebiet zu den besten gehören«, sagte er.

Er ging das gut an, aber ich hatte nicht vor, mich so einfach geschlagen zu geben.

»In der Tschechischen Republik wurden seit der Wende mehr als tausend Lizenzen für Detektivdienste ausgestellt«, informierte ich ihn. »Woraus schließen Sie, dass ausgerechnet wir die besten sind?«

Norbert machte es sich im Ledersessel gemütlich.

»Anhand einiger persönlicher Empfehlungen, zum Beispiel.«

Ohne zu zögern nannte er einen bekannten Schauspieler, dessen Ehefrau wir mal beschattet hatten. Ich nickte.

»Aber vor allem wegen der Geringschätzung, mit der man in den anderen Kanzleien über Sie spricht«, lächelte er.

Er wusste, dass er gepunktet hatte; zufrieden nippte er an seinem Kaffee und stellte die Tasse auf den Beistelltisch zurück.

»Ich habe bei ungefähr fünf anderen Kanzleien angerufen. Habe mich erkundigt, wer in Prag sozusagen *der Experte für Untreue* ist.«

Sein Lächeln wirkte leicht gezwungen.

»Die Antworten stimmten nicht alle überein, aber als der Beste kam irgendein Dr. Zumr heraus.«

»Warum haben Sie nicht den Kollegen Zumr angerufen?«

»Weil Ihre Kanzlei nicht weit von meiner Wohnung liegt … Und das der Tatsache zum Trotz, dass Sie angeblich gar nicht so gut sind, wie erzählt wird, und zu hohe Preise haben und eigentlich nur von diesem billigen Wortspiel mit Ihrem Namen profitieren: Kanzlei Dr. Pravda. Über Ihren Partner nur die Wahrheit.«

»Und wir helfen Ihnen, mit der Wahrheit umzugehen«, fügte ich hinzu.

Norbert nickte.

»Ihre Werbung soll besser sein als Ihre Dienste. Übrigens: In den Gelben Seiten ist Ihre Anzeige wirklich die größte.«

»Das ist leicht zu erklären. Mir ist aufgefallen, dass man größere Anzeigen schneller bemerkt als kleinere. Dank dieser glücklichen Entdeckung bin ich meinen Kollegen voraus.«

Er lächelte. »Ja, da kenne ich mich auch ein wenig aus.«

»Also haben Sie mich anhand von ein paar mehr oder minder negativen Referenzen ausgesucht«, stellte ich fest.

»Genau. Wenn sich keine der fünf Detektivkanzleien verkneifen konnte, Sie zu erwähnen, müssen Sie wirklich gut sein.«

»Eine originelle Auswahlmethode«, sagte ich, aber insgeheim fühlte ich mich geschmeichelt.

Norbert sah sich in meinem Büro um.

»Was meinen Sie«, fuhr er fort, »warum sind Sie gut?«

»Selbsteinschätzungen zeugen von Geschmacklosigkeit. Die möchte ich gerne vermeiden.«

»Aber ich möchte es hören. Warum sind Sie der Beste?«

Ich zögerte.

»Gut zu sein ist nicht schwer – zumindest in Böhmen nicht. Hier glaubt man immer noch, dass ein guter Detektiv daran zu erkennen ist, dass er eine untreue Ehefrau heimlich filmen kann.«

Er wandte die Augen ab.

»Das aber kann fast jeder. Ursprünglich, vom Beruf her,

bin ich Psychologe; als ich 1992 beim Kriminalamt gekündigt habe, gab es schon eine ganze Menge von Privatdetektiven. Da habe ich kapiert, dass ich noch etwas mehr leisten muss, wenn ich gut sein will.«

Norbert zuckte mit keiner Wimper, aber man konnte ihm anmerken, dass das Wort Kriminalamt einen gewissen Eindruck hinterließ.

»Natürlich gab es auch Psychologen in Hülle und Fülle. Daher entschied ich mich für etwas, was quasi auf der Hand lag: Ich versuchte meine beiden Professionen zusammenzubringen. In dieser Hinsicht sind wir vielleicht wirklich besser als die anderen. Ein Psychologe bietet Ihnen in seiner Eheberatungsstelle eine Lösung an, dabei baut er aber nur auf Vermutungen – auf Ihre und seine Vermutungen. Ein Detektiv liefert zwar nachweisbare Tatsachen, kann Sie aber nicht beraten. Etwas übertrieben formuliert: Bei mir bekommen Sie den kompletten Service.«

»All inclusive«, sagte Norbert. »Eine gute Idee.«

»Noch etwas anderes. Ein gewöhnlicher Privatdetektiv – Sie müssen sich eines klarmachen: Um eine Lizenz zu bekommen, braucht man nur das Abitur und eine fünfjährige Praxis bei der Staats- beziehungsweise Stadtpolizei nachzuweisen – neigt leider dazu, die Untreue zu bagatellisieren oder ziemlich ruppig zu behandeln. Ein Psychologe sollte dagegen über *Takt* verfügen. Er sollte imstande sein, seinem Klienten klarzumachen, dass der Seitensprung seines Partners keine Schande ist – umso mehr, als die Treue heutzutage eher zu den Ausnahmen gehört.«

Norbert senkte für ein paar Sekunden den Kopf.

»Er sollte wissen, dass die Eifersucht zu einem furchtbaren Dämon werden kann«, sagte ich. »Zu einer Säure, die jegliche Rationalität verätzen kann.«

Norbert hob rasch wieder den Kopf.

»Sprechen Sie aus persönlicher Erfahrung?«, fragte er unerwartet angriffslustig.

»Unter anderem«, nickte ich.

Er nahm mich scharf ins Visier.

»Könnten Sie das, Herr Doktor, ein wenig ausführen?«, forderte er mich auf und in seiner Stimme tauchte wieder jene leise Verachtung auf. »Möchten Sie mir von Ihrer *Arbeit* erzählen?«

Ich redete etwa dreißig Minuten. Zugegeben, heute Morgen beim Frühstück hatte ich mir überlegt, was ich Norbert in etwa erzählen könnte (natürlich spielte dabei meine Eitelkeit auch eine Rolle). Dennoch versuchte ich sachlich und im Rahmen des Möglichen objektiv zu bleiben. Während der ganzen halben Stunde ließ Norberts Interesse kein bisschen nach, es kam mir eher vor, als ob es immer stärker wurde. Sein linierter A4-Block füllte sich mit eng geschriebenen Notizen und mein Monolog wurde immer häufiger durch seine Fragen unterbrochen.

»Besitzen Sie eine Waffe?«

»Um Gottes willen, nein.«

»Treiben Sie auch Schulden ein und so?«

»Nein. Wir sind fast ausschließlich auf partnerschaftliche Beziehungen spezialisiert.«

»Und der Rest?«

»Ab und zu beschatten wir Kinder im Auftrag ihrer Eltern.«

»Ob sie Drogen nehmen?«

»Meistens. Oder auf den Strich gehen.«

Er nickte.

»Wir haben aber auch schon nach einem entlaufenen Hund gesucht«, fügte ich hinzu, um das Thema ein wenig aufzulockern. »Nach einem Golden Retriever.«

»Gehören Hunde zu Ihrem Aufgabenbereich?«

»Nein.«

»Aber Sie haben ihn gefunden?«

»Ja. Sandra hat ihn gefunden. Unsere Sekretärin.«

»Warum spezialisieren Sie sich auf Untreue – und treiben nicht lieber Schulden ein?«

»Weil es – im Gegensatz zu Schulden eintreiben – keine gefährliche Arbeit ist. Außerdem ist sie relativ einfach.«

»Wieso?«

»Menschen, die dabei sind, ihren Partner zu betrügen, vergessen meist jegliche Vorsicht. Sobald sie die Stadt verlassen haben, in der sie wohnen – manchmal auch nur das Viertel –, benehmen sie sich, als ob sie unsichtbar wären. Sie schaffen es sogar, sich um drei Uhr nachmittags mitten auf der Straße zu küssen.«

»Also braucht man dann nur noch zu knipsen.«

»Meistens eher zu filmen.«

»Zu filmen. Die Kassette geben Sie dem Klienten mit nach Hause?«

»Wenn er es möchte.«

»Wer lässt seinen Partner öfter beschatten – Männer oder Frauen?«

»Frauen. Und in neunzig Prozent der Fälle trifft ihre Vorahnung, dass sie betrogen werden, leider auch zu. Die weibliche Intuition, wenn Sie so möchten. Dafür stimmt der männliche Verdacht meistens nicht.«

»Haben Sie da eine Erklärung?«

»Nach meiner Erfahrung leiden Männer im Allgemeinen stärker unter Eifersucht. Sie gehen selbst fremd und daher wissen sie gut, wie einfach das ist. Ich als Maßstab aller Dinge, nicht wahr. Den bloßen Gedanken, dass ihre Freundin oder Ehefrau es genauso einfach haben sollte, finden sie unerträglich.«

»Sie nicht?«

»Ich bin ein Sonderfall«, sagte ich geheimnisvoll, aber Norbert gab sich erstaunlicherweise mit meiner ausweichenden Antwort zufrieden.

Mir wurde klar, dass er die Frage automatisch gestellt hatte. In Wirklichkeit interessierte ich ihn nicht. Egoismus der Leidenden, schoss es mir durch den Kopf.

»Männer neigen auch stärker zu Paranoia«, fuhr ich fort. »Nicht selten stellen sie sich Dinge vor, die es gar nicht gibt. Das hängt manchmal mit ihrem Selbstbewusstsein zusammen. Sie glauben nicht, dass ihnen eine so schöne Frau wie ihre Partnerin treu bleiben könnte.«

Norbert räusperte sich.

»Haben Sie nicht vorhin behauptet, dass die absolute Treue eine Ausnahme ist?«

Ich nickte.

»Und haben Sie gewusst, dass laut Statistik eine durchschnittliche tschechische Frau bis zu ihrem neunundzwanzigsten Lebensjahr mehr als *sechs* sexuelle Partner hat?«, fragte er.

»Und jetzt stellen Sie sich vor, wie viele Partner die *überdurchschnittlichen* Frauen haben müssen …«, sagte ich, aber Norbert lachte nicht.

»Sechs ist außerdem nur die Zahl, die die Frauen bei den Befragungen selbst angeben«, stellte er fest. »Die Ziffer wird in Wirklichkeit viel höher sein.«

»Gut möglich.«

»Ganz bestimmt. Auf jeden Fall leben wir entweder mit lauter absoluten Statistik-Ausnahmen zusammen oder unsere Frauen lügen uns an. Irgendwie müssen sie ja bis zu ihrem neunundzwanzigsten Geburtstag ihre sechs oder mehr Männer gehabt haben. Eine andere Möglichkeit gibt es nicht, das ist logisch.«

»Doch«, wandte ich ein. »Wenn Sie mit der Durchschnittsfrau leben und der Sechste in der Reihe sind.«

»Aber nicht wenn Sie angeblich der Dritte oder Zweite sind.«

Ich zuckte mit den Schultern.

»Kann man mit einem solchen Wissen dann noch ruhig bleiben?«, fragte er mich.

Darauf sagte ich nichts. Norbert sah auf die Uhr.

»Ich sollte gehen«, erklärte er unschlüssig. »Sie erwarten ja eine Klientin um vier …«

»Das stimmt.«

»Dann will ich Sie nicht länger aufhalten. Obwohl ich selbstverständlich noch eine ganze Reihe von Fragen hätte.«

»Die beantworte ich gerne ein andermal«, versicherte ich ihm.

Er zögerte. Auf einmal wirkte er unglücklich.

»Würde es Ihnen wirklich nichts ausmachen, wenn ich noch einmal käme?«, fragte er schließlich.

5.

Frau Cardová kam praktisch gleich nachdem Norbert die Kanzlei verlassen hatte; sie war eine kleine vollschlanke Fünfzigjährige mit schönen wachen Augen. Nina nahm ihr den hellen Paletot ab und hängte ihn an die neue Garderobe, eine Mischung aus mattem Aluminium und Kirschholz.

»Möchten Sie Kaffee oder Tee?«, fragte sie und tätschelte Frau Cardová die Schulter.

»Oder ein Glas Wein?« Ich zeigte auf die verglaste Kühlschranktür, hinter der eine Reihe von Flaschen lag.

»Zu einem kleinen Gläschen Weißwein würde ich nicht nein sagen.«

»Nehmen Sie bitte Platz.«

Ich öffnete den Kühlschrank.

»Grauer Burgunder, Spätlese. Darf es der sein?«

»Machen Sie bloß nichts Teures auf. Ich kenne mich da nicht aus.«

Dafür beäugte sie aber neugierig meine Ledergarnitur, worüber ich mich freute.

»Italienisches Design?«, fragte sie.

»Ja.«

»Das Sofa kann man nicht ausziehen, stimmt's? Ich meine, wegen der hohen Füße.«

»Nein.«

»Die ausziehbaren finde ich auch gar nicht schön. Sie wirken immer so schwerfällig.«

Da waren wir der gleichen Meinung. Ich entkorkte den Wein und Nina schob die Kassette ins Videogerät.

»Wenn was ist – ich bin nebenan.«

»Danke, Nina.«

Unsere Augen begegneten sich.

»Sie wollen nicht mit uns schauen?«, wunderte sich Frau Cardová. »Da entgeht Ihnen aber ein großes Liebesdrama ...«

Nina lächelte traurig.

»Ich kenn es ja schon, Frau Cardová.«

»Wie kommt das denn?«

»Die Aufnahme ist von mir.«

»Alles klar. Das verstehe ich. Oscarverdächtig wird der Streifen wohl nicht sein, dass man sich den zweimal antun müsste, oder?«

Nina nickte und schloss die Tür hinter sich. Ich drückte auf einen Knopf auf meinem Tisch und die elektrischen

Vorhänge vor den Fenstern glitten mit leisem Surren aufeinander zu.

»Hübsche Vorhänge«, stellte Frau Cardová fest. »Auf wie viel kommt denn so was?«

Ich klärte sie über den Preis auf.

»Da bringt Ihnen die Untreue ziemlich viel ein, oder?«

»Ja, da könnten Sie recht haben«, gab ich vorsichtig zu.

Der gesunde Zynismus von Frau Cardová deutete zwar auf die erfreuliche Tatsache hin, dass die heutige Filmvorführung ohne die übliche Hysterie auskommen dürfte – sie hätte ihn aber genauso gut als eine Art Schutzschild vor sich hertragen können.

»Frau Cardová, bevor wir anfangen, muss ich Sie noch darauf hinweisen, dass das, was Sie zu sehen bekommen, Sie etwas durcheinanderbringen könnte. Sollten Sie sich dem nicht gewachsen fühlen, können wir die Vorführung verschieben. Sie brauchen es auch gar nicht zu sehen – die Kassette erfüllt ihren Zweck auch so.«

»Ich will es sehen«, sagte Frau Cardová bestimmt. »Keine Angst, ich werde schon nicht umkippen.«

Allem Anschein nach eine mutige Frau.

»Machen Sie schon. Damit wir es schnell hinter uns bringen.«

Ich ließ die Aufzeichnung laufen. Keine Werbung, keine Übertitel und kein Ton, noch dazu ohne Umschweife direkt zur Sache – diese Mischung bringt die Klienten meistens aus der Fassung. Frau Cardová war da keine Ausnahme: Mit offenem Mund starrte sie auf den Bildschirm. Carda war gerade dabei, zu seinem Rotschopf in den Whirlpool zu steigen. Sein Bauch schwabbelte über der Badehose, ihr Rand schnitt tief in seine fetten Hüften ein.

»So ein Idiot!«, lachte Frau Cardová spontan auf.

Das Wasser im Whirlpool blubberte lautlos. Carda

machte es sich bequem und zog die Rothaarige zu sich. Er sah sich um und begann sie zu küssen. Frau Cardová sagte nichts. Ich hörte, wie sie atmete. Als ich alle Eintragungen in meinem Kalender durchgesehen und jede Taste auf meinem Telefon untersucht hatte, sah ich wieder auf den Bildschirm, aber Carda küsste seine Rothaarige immer noch. Das braucht wirklich Musik, schoss es mir durch den Kopf. Wie wäre es mit *Come on, baby, light my fire!*, überlegte ich und damit ich nicht laut auflachte, biss ich mir in die Wange. Frau Cardová schluchzte zum ersten Mal auf. Ich griff nach ihrer Hand und sie sackte an meine Schulter.

»Was meinen Sie, sollen wir das lieber ausmachen?«, fragte ich.

Sie nickte weinend.

»Entschuldigung.«

»Sie brauchen sich nicht zu entschuldigen. Ihre Reaktion ist ganz natürlich.«

Sie tastete in ihrer Handtasche nach Papiertaschentüchern und putzte sich die Nase.

»Dieses Arschloch!«

Es klang nicht gehässig, eher ungläubig.

Auf einmal stockte sie, als ob sie sich an etwas erinnert hätte.

»Wenn Sie wüssten«, schüttelte sie den Kopf, »wenn Sie wüssten, was mir der Idiot früher für Briefe geschrieben hat …«

»Waren sie schön?«, fragte ich teilnahmsvoll.

»Wunderschön!«, betonte Frau Cardová und fing wieder an zu weinen.

»Ich habe was für dich«, meldete ich Nina, sobald ich Frau Cardová endlich zur Tür gebracht hatte.

Sie saß am Schreibtisch, den Rücken zu mir gewandt; ihr

Computer lief, aber aus irgendeinem Grund war der Bildschirm schwarz – jede Wette, dass beim Drücken einer bestimmten Tastenkombination die bunten Seiten der virtuellen Partnervermittlung auf dem Monitor erscheinen würden. Nina sprang auffällig schnell auf und ging zu mir, womit sie meinen Verdacht nur noch bestätigte. An ihrem weißen Hemd standen die oberen drei Knöpfe offen; letzte Woche waren es nur zwei. Ich reichte ihr den von Norbert signierten Roman.

»Wenn Du doch mal etwas Zeit haben solltest.«

»Ist der wirklich für mich?«, fragte sie erfreut.

Ich blätterte die entsprechende Seite auf und zeigte ihr Norberts Widmung. Wir waren in der Kanzlei allein und Ninas Nähe erregte mich, aber ich hatte Angst etwas zu überstürzen.

»Wie geht es den Zwillingen?«, fragte ich. »Hoffentlich machen sie keinen Ärger.«

Schon zweimal haben Ruth und ich bei den beiden Jungs Babysitter gespielt, sodass ich hoffen konnte, dass meine Frage nicht zu gezwungen wirkte. Nina wusste außerdem, dass Ruth keine Kinder haben konnte – auch das hätte mein Interesse zumindest teilweise glaubhaft machen können.

»Darauf kannst du Gift nehmen.«

Bedeutungsvoll sah ich zu dem ausgeschalteten Bildschirm.

»Solltest du mal wieder Babysitter brauchen …«, warf ich ein.

Nina errötete. Die Haut um ihre zarten Schlüsselbeine spannte auf eine besondere Weise – das machte sie verletzlich.

»Was bist du für ein Schlitzohr«, sagte sie. »Woher wusstest du das?«

Triumphierend grinste ich sie an.

Ich zog meinen Trenchcoat an (schon deswegen mag ich den Herbst, weil er es im Gegensatz zum Sommer den Männern über fünfzig leichter macht, elegant zu erscheinen), beugte mich zu Nina und gab ihr einen Kuss auf die Wange.

Es war ein unverzeihlich langer Kuss.

Sie sah mich fragend an.

6.

Norbert bat, ob wir uns möglichst bald treffen könnten, am besten gleich am nächsten Tag, er wollte schon am Wochenende mit dem Schreiben anfangen. Ich kam seiner Bitte nach und ließ mich auch auf seinen Wunsch ein, das Treffen im Restaurant Ponte in der Anglická-Straße stattfinden zu lassen. Er bestand nämlich darauf, mich diesmal wirklich zum Abendessen einzuladen.

Das Ponte war ein angenehmes, geschmackvoll eingerichtetes Kellergewölbe mit Wänden aus gebrannten Ziegeln. Obwohl erst Mitte September, brannten bereits zwei mächtige Holzscheite im Kamin – es wirkte gemütlich. Außerdem hatten sie hier einen ausgezeichneten Weinkeller. Auf Norberts Empfehlung bestellte ich Hühnerbrust in Pflaumensauce; er nahm ein Lachssteak, ließ aber mehr als die Hälfte stehen.

»Was macht die Arbeit eines Privatdetektivs am schwersten?«, fragte er gleich zur Eröffnung; diese Frage wird er sich schon vorbereitet haben.

Unter der Fassung seiner modernen ovalen Brille sah man dunkle Augenringe. Ich geriet ins Grübeln – so habe ich über meine Arbeit noch nie nachgedacht.

»Da kommt wohl Einiges zusammen.«

»Zum Beispiel?«

»Zum Beispiel wenn man den Fall beenden muss, nur weil dem Klienten das Geld ausgegangen ist. Wenn es sich dabei um Eltern handelt, die ihren Sohn wegen Drogen in Verdacht haben, ist das eine sehr schmerzliche Angelegenheit. Für beide Seiten – das können Sie mir glauben.«

»Das glaube ich gerne«, sagte Norbert. »Und weiter? Was fällt Ihnen noch schwer?«

»Das Verständnis für den Klienten nicht aufzugeben und seinen …«, ich überlegte kurz, »seinen *Zustand* nicht zu bagatellisieren. Das fällt einem wirklich schwer. Im Laufe der Jahre wird man diesen ganzen Dramen gegenüber immer unempfindlicher, man stumpft ab, dagegen kann man schwer was machen.«

»Das sogenannte *Burn-out-Syndrom*«, belehrte mich Norbert. »Wie lange sind Sie schon dabei?«

Erneut stellte ich fest, dass er mir ab und zu leicht auf die Nerven ging.

»Seit zehn Jahren.«

»Da müssen Sie schon eine Menge gesehen haben«, bemerkte Norbert halblaut, als ob er zu sich selber sprechen würde. »Das will ich mir lieber gar nicht vorstellen. Was war das Ekelhafteste, das Sie erlebt haben?«

»Sagen wir mal – ich habe eine Menge erlebt.«

»Konkret?«

Ich seufzte.

»Zum Beispiel habe ich einen sehr erfolgreichen Mann erlebt, der bei seiner Frau regelrecht auf den Knien und weinend um den Einlass in das gemeinsame Schlafzimmer betteln musste. Ich kenne einen Mann, der seiner – übrigens wunderschönen – Frau während ihrer gesamten Schwangerschaft untreu war, auch an dem Tag, als sie ihr Kind zur Welt brachte. Ich bin auch einer Frau begegnet, die ihren

Mann dermaßen verhöhnte, dass sie ihn in seiner Anwesenheit betrog.«

»Moment mal – sie hat es *vor ihm* mit dem anderen getrieben?«

»Ja.«

»Ein düsteres Auge, das hier die Menschheit anblickt – wie Stefan Zweig über Freud sagte.«

Dem didaktischen Ton nach zu schließen, den Norbert bei der Erwähnung der beiden Namen anschlug, muss er gedacht haben, dass ich Zweigs Buch über Freud nicht kannte. Ich ließ ihn in dem Glauben. Einer der größten Vorteile des Älterwerdens ist das Gefühl, nicht mehr *wetteifern* zu müssen.

»Noch was?«, fragte er.

»Sich durch die ewigen Lügen den Weg zu bahnen, zum Beispiel. Jeder lügt jeden an – manchmal macht einen das ziemlich müde.«

»Jeder?«

»Fast jeder. Häufig lügen uns auch diejenigen an, die uns beauftragen.«

Er hielt meinem Blick stand.

»Und weiter? Was ist noch schwer?«

»Den Klienten, der heimlich hoffte, dass wir nichts herausfinden, darüber aufzuklären, dass seine Hoffnung vergeblich war. Ihm seine Frau in den Armen von jemand anderem zu zeigen.«

»Und *technisch*? Was ist da am schwersten?«

»Technisch? Nachzuweisen, dass nichts passiert ist. Das Nichts zu belegen. Das ist am schwersten.«

»Warum?«

»Wie wollen Sie die Treue filmen …«

Norbert schob seinen Teller zur Seite, beugte sich nach vorne, vergrub das Gesicht in seinen Händen und legte den

Kopf auf den Tisch. Die beiden Serviererinnen an der Bar und ein paar Gäste von den umliegenden Tischen sahen zu ihm herüber.

»Norbert?«, rief ich fragend.

»Ist gleich wieder gut«, murmelte er. »Entschuldigen Sie.«

Aber er stützte immer noch seine Stirn auf die Tischplatte.

»Wollen Sie wirklich diesen Roman schreiben, Norbert?«, fragte ich leise.

Lange sagte er nichts – und dann schüttelte er den Kopf.

»Ich habe Sie auch angelogen«, gab er zu.

Ich kam erst kurz vor Mitternacht aus dem Ponte zurück, aber Ruth schlief nicht: Im Wohnzimmer brannte noch Licht. Mir fiel ein, dass sie an diesem Wochenende dienstfrei hatte. Durch die Glastür warf ich einen Blick ins Zimmer: Ruth saß wie immer in ihrem Korbsessel. Die nackten Füße auf dem gepolsterten Hocker ausgestreckt, sah sie sich auf ihrem geliebten Wissenschaftskanal eine Sendung über Orcawale an. Sie hatte ihr *Haushemd* an, das graublaue aus Baumwolle, das ich besonders mochte. Endlich bemerkte sie, dass ich sie beobachtete, und lächelte. Ich zog die Schuhe aus, kam herein und gab ihr einen Kuss.

»Wie läuft's mit deinem Herrn Schriftsteller?«, fragte sie, wandte aber die Augen nicht vom Bildschirm ab.

Es war eher eine Höflichkeitsfrage – Wale und Delfine interessierten sie im Moment mehr als eifersüchtige tschechische Schriftsteller.

»Gut. Er hat schon ein Geständnis abgelegt. Selbstverständlich will er kein Buch schreiben. Es läuft auf die übliche Beschattung hinaus.«

Es war schon merkwürdig: Noch im Taxi hatte ich das

Gefühl, dass ich Ruth mit einer beinahe sensationellen Enthüllung überraschen würde, aber jetzt, in dieser ruhigen häuslichen Atmosphäre hatte ich plötzlich keine Lust mehr, über Norbert zu reden. Als ob seine Eifersucht ein Virus wäre, mit dem ich uns beide anstecken könnte – schon dadurch, dass ich Ruth etwas ausführlicher von Norbert berichtete. Ruth lächelte leicht und nickte. Ich wusste, dass sie sich mit dieser knappen Version zufriedengeben würde. Sie war vierzig und Eifersucht interessierte sie schon lange nicht mehr. Das Thema war für sie ähnlich passé wie Geschichten aus der Tanz- oder Fahrschule. Dergleichen hatten wir längst hinter uns. Ich setzte mich zu ihr auf die Sessellehne.

»Und Nina?«, fragte sie.

Diesmal sah sie mich an.

»Ich nehme mir Zeit – genau nach deinem Plan. Um ehrlich zu sein, gab es am Anfang kaum etwas zu berichten, aber jetzt kommt die Sache allmählich in die Gänge.«

»Na sieh einer an.«

Ich schob das Hemd über ihrer Brust zur Seite und fuhr streichelnd über ihren Busen. Die Orcas kreuzten rastlos das wogende Meer.

»Noch zwei, drei unverzeihlich lange Küsse auf die Wange und sie ist reif«, sagte ich gewollt zynisch.

»Na dann toi toi toi.«

Das war keine Ironie; ich wusste, dass Ruth es aufrichtig meinte.

»Und Zdeněk? Wie war der Abend?«

Die Mühelosigkeit, mit der ich heute solche Fragen aussprechen konnte, fand ich auch nach so vielen Jahren immer wieder faszinierend.

»Willst du es wirklich wissen? Die Geschichte vom Arzt und der Krankenschwester? Dieses Klischee?«

»Ja.«

Meistens wusste ich gerne über Einzelheiten Bescheid. Es war eine einfache und manchmal sogar ziemlich aufregende Art, Ruth wieder zurückzubekommen – irgendwie unberührt, wenn Sie verstehen, was ich meine. Wenn mich bei ihren Seitensprüngen etwas störte, dann die dumpfe Arroganz mancher ihrer Liebhaber. *Hab seine pralle Maus ordentlich durchgebumst …* Dadurch, dass mir Ruth jedes Mal alle Details berichtete, verkehrte sich der vermeintliche Triumph dieser Männer sofort in ihre Niederlage. Nun hatten sie kein Geheimnis mehr, im Gegenteil, ich war derjenige, der über alles Bescheid wusste: welche Unterwäsche sie trugen, wie sie sich im Bett verhielten und wie sie sich das Vorspiel vorstellten.

»Es war gar nicht so übel. Aber wie immer beim ersten Mal: Zauber des Neuen kontra fehlende Eingespieltheit.«

»Hat er einen großen Penis?«

Vor zwanzig Jahren hätte ich nach dieser Frage Herzstillstand erwartet; jetzt sah ich ruhig den Orcawalen zu.

»Ja, schon. Daher denkt er natürlich, dass er sich nicht weiter anstrengen muss.«

Ruth schmückte ihre Geschichten weder aus noch verschwieg sie etwas. Die Wahrheit konnte uns beiden nichts mehr anhaben.

»Ist es dir gekommen?«

Lassen Sie sich nie einreden, dass Sachlichkeit vulgär ist.

»Nein. Aber es war schön.«

»Das freut mich.«

Es freute mich wirklich. Ich legte ihr die Hand in den Schoß.

»Soll man das korrigieren? Wiedergutmachen?«

Sie sah mich leicht verwundert an.

»Ja.«

Ich schob die Hand unter ihren Slip und fing an, sie zu streicheln.

»Weißt du, warum ich dich unter anderem mag?«, sagte Ruth. »Weil du *liebenswürdig* bist. Alle reden ständig von der großen Liebe – dabei würde eine ganz normale Liebenswürdigkeit schon reichen.«

7.

Hatte Norbert anfangs gelogen, so gab er sich am Montagnachmittag geradezu demonstrativ offen. Er komme nicht als berühmter Schriftsteller in meine Kanzlei, sondern als ein durchschnittlicher, unter Eifersucht leidender Mensch, schwadronierte er. Wenn er sein Gesicht wahren wollte, blieb ihm allerdings auch nichts anderes übrig; wie er goldrichtig voraussetzte, hatten Nina, Sandra und Stoffel von mir bereits alles erfahren (absolute Diskretion bezieht sich natürlich nicht auf die eigenen Angestellten).

»Voller Demut stehe ich vor Ihnen«, teilte er der erschrockenen Sandra mit, versuchte aber mutig mit den Augen auch Nina zu kontaktieren, »der Nächste in der unendlichen Reihe Ihrer üblichen eifersüchtigen, von Paranoia besessenen Klienten. Ich habe Sie angelogen. Alle. Es ist mir unendlich peinlich. Ich bitte um Entschuldigung.«

Im Widerspruch zu seinen Worten stand er nicht, sondern marschierte wie von Sinnen hin und her, sodass wir uns immer nach ihm umdrehen mussten. Man sah, dass ihn dieses öffentliche Bekenntnis eine gute Portion Überwindung kostete. Auf jeden Fall hatte er aber das Richtige getan: Erstens wirkt ein Geständnis immer befreiend und zweitens fingen alle gleich an, ihn etwas anders zu behandeln als jene Klienten, die die Beschattung ihrer Ehefrau genauso locker in Auftrag geben wie neue Fliesen fürs Badezimmer. Nina nahm Norbert die Lederjacke ab und bedankte sich für die Widmung (er konnte sich offensichtlich nicht daran erinnern, jemals für sie eine Widmung geschrieben zu haben).

»Die Eifersucht braucht Ihnen gar nicht peinlich zu sein, Norbert«, versicherte sie ihm charmant. »Sie ist ein natürlicher Bestandteil der Liebe. Sie ist der Tribut, den wir dafür entrichten, dass wir lieben dürfen.«

Das gehörte zu unserem Lieblingsspiel; sie parodierte gerne verschiedene psychologische Lehrsätze, die sie während der Monate, die sie für mich arbeitete, in meinem Büro gehört und auswendig gelernt hatte. Um mich nicht mit einem Lächeln zu verraten, sah ich lieber zur Seite. Etwas in Ninas Augen – vielleicht ihre Lebenserfahrung – muss Norbert aber dazu gebracht haben, auch diese scheinbare Banalität mit inbrünstigem Kopfnicken zu quittieren. Dann hörte man die Wasserspülung und aus der Toilette kam Stoffel. In den Taschen seiner breiten grünen Hose hätte er schätzungsweise eine vierbändige Enzyklopädie unterbringen können.

»True style never dies!«, rief Nina.

Bis auf Norbert lachten alle. Ich sah Nina unverzeihlich lange an. Stoffel setzte eine saure Miene auf.

»Is was?«

»Nichts«, sagte Nina beschwichtigend. »Keep cool. Deine Hose sieht super aus.«

»Lassen Sie uns lieber zu mir gehen«, sagte ich zu Norbert und bat ihn in mein Büro.

Sobald die doppelte Tür hinter uns ins Schloss fiel, ließ sich Norbert buchstäblich auf mein Ledersofa fallen. Seine vorgetäuschte Entschlossenheit war wie weggeblasen.

»Mein Gott, was mache ich hier?«, stöhnte er. »Ich hätte niemals gedacht, dass ich so tief fallen würde. Einen *Privatschnüffler* engagieren!«

In seinem Zustand war ihm gar nicht bewusst, wie beleidigend seine Worte waren. Ich zog bedauernd die Schultern hoch. Er sah mich an.

»Aber ich habe auch noch nie das Gefühl gehabt, dass ich wahnsinnig werde, wenn ich nicht die *Wahrheit* erfahre!«

Das verstand ich gut. Seine Situation war mir vertraut: Es lagen zwar schon etliche Jahre dazwischen, aber an das Gefühl konnte ich mich noch gut erinnern. Draußen klingelte eine Straßenbahn wie wild. Ich sah aus dem Fenster: Auf den Schienen stand ein Mazda Tribute und blockierte den Verkehr. Ich nahm gegenüber von Norbert Platz und wartete geduldig. Norbert schüttelte immer noch ungläubig den Kopf. Der Anfang blieb also mir überlassen.

»Sie haben den Verdacht, Norbert, dass Ihre Partnerin Ihnen manchmal nicht die Wahrheit sagt?«, eröffnete ich das Gespräch.

In meiner Stimme klangen etwa zwanzig Prozent Pflichtanteilnahme mit, der Rest war pragmatische Sachlichkeit – wir sind schließlich kein Bestattungsinstitut.

»Verdacht? Sie meinen die Kanonenkugel, die in letzter Zeit in meinem Magen rumort, sobald *meine Partnerin*«, er schnitt eine Grimasse, »die Wohnung verlässt? Ja, einen Verdacht habe ich schon!«

Er stand auf und ging etwas verwirrt ein paar Schritte nach vorne und dann wieder zurück.

»Dass ich mich verbrannt habe / am heißen Relief der Wand / als ich brennende Sterne / in einem Atemzug trank«, rezitierte er. »Antonín Brousek, Gedicht Untreue.«

Sein Verhalten war etwas theatralisch, aber das Gedicht gefiel mir gut.

»Sie wohnen zusammen?«, fragte ich.

»Ja.«

»Wie lange schon?«

»Seit zwei Jahren. Wissen Sie, Herr Doktor, was der Budapester Psychologe Steignitz sagt? Frauen lügen zwar etwa um zwanzig Prozent weniger als die Männer, dafür sind sie aber wahre Weltmeister in *Vertrauenswürdigkeit*. Sie lügen viel überzeugender und, anders als die Männer, setzten sie bewusst eine Lüge ein, wenn sie damit ihrem Partner oder Kind helfen können.«

»Ich fürchte, da hat der Kollege aus Ungarn nicht ganz unrecht.«

»Und dabei beziehen sich zwei Drittel der sogenannten großen Lügen auf Liebesbeziehungen!«

Er warf die Arme auseinander.

»Sie haben sich vorbereitet«, sagte ich mit leiser Ironie.

Als ob er erst jetzt die teure Ausstattung meines Büros bemerkt hätte, betrachtete er eingehend meine Möbel.

»Vielleicht sollten wir mit dieser Frage beginnen: Wie viel kostet eine ganz normale Beschattung einer *Person*?«

»Das kann ich Ihnen so nicht sagen. Der Preis hängt von vielen Umständen ab. Zunächst mal müsste ich mehr über Ihre Partnerin wissen.«

»Von welchen Umständen – was meinen Sie damit?«

Wie meistens bei solchen Erstgesprächen musste ich mich auch diesmal mit ziemlicher Geduld wappnen.

»Zum Beispiel davon, ob Ihre Partnerin Auto fährt oder zu Fuß geht ... Ist sie mit einem Auto unterwegs, müssen wir zwei bis drei Wagen aufstellen. Das macht sich logischerweise im Preis bemerkbar. Und so weiter.«

»Tagsüber geht sie fast immer zu Fuß. Die Uni ist nicht weit. Dafür reicht ein Detektiv vollkommen aus.«

»Leider nicht, fürchte ich.«

Das war der Moment, wo ich ihm das Problem durch ein Beispiel veranschaulichen musste. Das funktionierte bei den meisten Klienten besser als lange Erklärungen. Ich ging zum Fenster.

»Darf ich Ihnen was zeigen?«, fragte ich. »Nehmen wir mal an, dass die fragliche Person dort in dem Jugendstilhaus wohnt.«

Mit der Hand zeigte ich hinter den Park. Norbert presste seine Finger an die Schläfen, stand dann aber auf und sah in die gewünschte Richtung.

»In dem grünen?«

»Ja. Und jetzt versuchen Sie ohne Unterbrechung die Eingangstür zu beobachten – wie lange halten Sie das aus? Was meinen Sie?«

»Drei bis vier Stunden.«

Seine Stimme klang ungerührt.

»Zwanzig bis dreißig Minuten. Danach lässt notgedrungen Ihre Aufmerksamkeit nach. Ab dem Moment kann das Haus von jedermann betreten oder verlassen werden – und Sie merken es gar nicht.«

Er wand den Blick nicht von der Tür ab.

»Mag sein«, murmelte er.

»Daher setzt man immer zwei Detektive ein, damit sie sich beim Beobachten der Eingangstür alle zwanzig Minuten abwechseln können.«

»Der eine starrt die Tür an, der andere mampft Donuts«, sagte Norbert. »Das kenn ich aus amerikanischen Filmen.«

»Die zeitlich begrenzte Fähigkeit sich zu konzentrieren ist ein supranationales Problem.«

»Wollen Sie damit sagen, dass auch Ihre Preise ein supranationales Niveau haben?«, stichelte er.

Ich nahm den Gesprächsfaden wieder auf: »Wie sieht es in der Nacht aus? Fährt Ihre Partnerin nachts Auto?«

Das war nicht nett von mir, aber ich mag es nicht, wenn die Klienten andeuten, dass ich sie ausnehmen will. Norbert wandte den Blick ab.

»Zweimal die Woche fährt sie zur Gymnastik. Mit dem Auto ist es abends sicherer.«

Die Rollen drehten sich witzigerweise um. Nun war ich derjenige, der Norberts Partnerin verdächtigte, während er sie verteidigte.

»Natürlich«, sagte ich.

»Sie muss bis ans andere Ende von Prag, bis nach Vinohrady«, erklärte er mir – und sich selbst auch.

Ich wollte ihn nicht länger quälen.

»Wie alt ist sie eigentlich?«

Er holte tief die Luft.

»Zwanzig.«

Ein Job für Stoffel, dachte ich automatisch. Jahrgang 1982. Als sie geboren wurde, war Norbert zwanzig. Ich dreißig. Wir blickten uns vorsichtig an.

»In diesem Fall kann es doch nicht immer nur furchtbar sein«, sagte ich. »Es muss gleichzeitig auch *schön* sein.«

»Da haben Sie recht«, gab er zu.

»Alles hat seinen Preis. Mögen Sie vor dem Mittagessen ein Glas Wein?«, schlug ich vor.

Dieser Trick steht in keinem Psychologielehrbuch. Aber er funktioniert manchmal.

»Gerne.«

Ich öffnete eine Flasche Blauer Portugieser. Wir stießen an. Der Wein umschlang angenehm den Gaumen.

»Sie studiert?«, fragte ich.

Er verschränkte die Arme hinter dem Kopf.

»Chinesisch«, schnaubte er. »Ist das zu fassen?«

»Aber zu Hause sprechen Sie Tschechisch?«

Endlich lachte er.

»Ja. Aber selbstverständlich essen wir mit Stäbchen, tragen Seidenkimonos und trinken Jasmintee. Uns beiden ist nämlich klar, dass uns diese absolut fremde Kultur unglaublich bereichern kann.«

Ich lächelte.

»Es ist die alte Geschichte. Man verliebt sich in eine Frau, lässt sie in die eigene Wohnung einziehen – und dann stellt man fest, dass sie eine *Sinologin* ist. Eines Tages wacht man auf und die Wohnung strotzt nur noch von handgemalten Fächern.«

»Das ist doch gar nicht schlimm«, wandte ich ein. »Stellen Sie sich vor, sie würde Pathologie studieren.«

Er nickte nur. In Gedanken war er schon woanders.

»Es ist mir eigentlich ganz egal, wie viel das Ganze kosten wird. Ist natürlich idiotisch von mir, es Ihnen zu erzählen. Aus mir wird nie ein guter Geschäftsmann.«

»Norbert, ich gebe Ihnen mein Wort, dass ich Ihre kaufmännische Naivität nicht ausnutzen werde.«

»In letzter Zeit bricht sie öfters zu kleinen Spritztouren auf«, sagte er plötzlich. »Besonders nachdem wir uns gestritten haben. Sie findet das nächtliche Autofahren beruhigend. Zumindest behauptet sie das.«

Es war nicht zu übersehen, dass er immer noch zögerte, ihren Namen auszusprechen. Offensichtlich hatte er noch nicht den Mut gefunden, sie definitiv in die Sache hineinzuziehen.

»Wie lang ist so eine Spritztour im Durchschnitt?«

Er wurde rot, als ob ich ihn bei etwas Verbotenem erwischt hätte. Das konnte nur eins bedeuten: Er kontrollierte heimlich den Tacho.

»Zweiundsiebzig bis fünfundsiebzig Kilometer«, sagte er leise.

Fragend zog ich die Augenbrauen hoch.

»Jedes Mal!«, explodierte er auf einmal. »Jedes Mal fährt sie zweiundsiebzig bis fünfundsiebzig Kilometer. Ist das nicht merkwürdig, Herr Doktor? Keine zwölf, keine achtzig. Verstehen Sie das?!«

Ich schenkte uns nach.

»Der Wein ist gut«, stellte er fest und sah sich das Etikett genau an.

Da stimmte ich ihm gerne zu. Vielleicht war er dabei, den Kopf zu verlieren, seinen Geruchs- und Geschmackssinn hatte er noch. Das war eine gute Nachricht.

»Sind Sie verheiratet?«, fragte er fast ohne Übergang.

»Seit neun Jahren. Zum zweiten Mal.«

»Wie alt ist Ihre zweite Frau?«

»Vierzig. Ich werde bald fünfzig.«

»Zehn Jahre Unterschied. Und wie sieht es mit Ihnen aus – Sie sind nicht eifersüchtig?«

»Nicht mehr.«

Auch diesmal kam keine Reaktion.

»Da beneide ich Sie«, sagte er lediglich.

Bei dem Gedanken an Ruth wurde mir klar, dass ich mich freute nach Hause zu kommen. Ich sah aus dem Fenster. Die Blätter im Park waren längst gelb geworden. Von einem Kinderspielplatz hörte man eine Schaukel quietschen.

»Also«, sprach Norbert mit plötzlicher Energie, »was müssen Sie noch wissen, damit wir loslegen können?«

»Wie häufig unternimmt Ihre Partnerin diese nächtlichen Ausflüge?«, fragte ich und beobachtete dabei die kleinen braunen Kügelchen in der Baumkrone der nächsten Platane.

»Jetzt, wo wir uns streiten, fast jeden zweiten Tag.«

»Verdächtigen Sie Ihre …«

Bevor ich meine Frage zu Ende bringen konnte, fuhr er schon dazwischen.

»Ob ich sie verdächtige? Da bringen Sie mich aber zum Lachen. Ich verdächtige sie ohne Ende! Ich finde schon verdächtig, wie sie redet oder wie sie lacht. Vor allem finde ich äußerst verdächtig, wie häufig sie in letzter Zeit duscht, wie oft sie ihre schönste Unterwäsche anzieht, wie oft sie telefoniert und wie oft sie diese beschissenen SMS kriegt!«

Mit der Faust schlug er auf meinen italienischen Tisch.

»Ich meinte eher einen *konkreten* Verdacht«, bemerkte ich sanft. »Einen Verdacht auf eine konkrete Person aus dem Umfeld Ihrer Partnerin.«

Norbert verzog das Gesicht. »Kann jedermann sein. Ihr Herz steht sozusagen offen ...«

»Soll ich dem entnehmen, dass sie in sexueller Hinsicht temperamentvoll ist?«

»Sexuell temperamentvoll? Schwer zu sagen. Einmal kann sie eine ganze Woche auf Sex verzichten – was, bei aller Bescheidenheit, für mich unvorstellbar wäre – und ein anderes Mal stürzt sie sich auf mich und bumst mir fast ein Loch in den Schädel. Entschuldigen Sie.«

»Schon in Ordnung«, sagte ich. »Ich liebe anschauliche Vergleiche.«

»Vielleicht einer von ihren Professoren. Einer von diesen ewig geheimnisvollen *Sinologen*, der echte Kantonesische Dampfknödel mit Krabbenfüllung machen kann und gleichzeitig fünfundsiebzig Bücher über Tantra-Sex gelesen hat ...«

Zweiundsiebzig bis fünfundsiebzig, schoss mir durch den Kopf.

»Oder einer von ihren wunderbar *authentischen* Kommilitonen. Am ehesten Pavel, dieser D'Artagnan.«

Mir fiel der Blick wieder ein, mit dem Norbert vorhin Stoffels Aufzug gemustert hatte.

»Authentisch? Was meinen Sie damit?«

»Das hat sie mir einmal gesagt: Du bist vielleicht berühmt, aber die sind *authentisch*.«

Erneut vermied er es, ihren Namen auszusprechen, aber diesmal wurde es ihm bewusst. Er räusperte sich.

»Sie heißt Klára.«

Er diktierte mir ihren Nachnamen, Geburtsdatum und Adresse. Ich konnte mir seine Gefühle dabei gut vorstellen: Soeben hatte er mit definitiver Gültigkeit seine Liebste verraten.

»Dann brauche ich noch ein paar Fotos«, sagte ich vorsichtig.

»Ja, damit habe ich gerechnet.«

Er griff in seine abgewetzte Ledertasche und reichte mir wortlos eine dunkelblaue Mappe mit dem Logo der Josef-Škvorecký-Literaturakademie.

»Sie studiert … dort?«, fragte ich.

Wie absurd meine Frage war, wusste ich selbst, denn Chinesisch konnte Klára nirgendwo sonst als an der Philosophischen Fakultät studieren. Unwissend stellte ich mich aus Rücksicht auf Norbert, um die gefühlte Dramatik dieses Moments wenigstens ein bisschen zu mindern. Zum zweiten Mal schnitt er mir ungeduldig das Wort ab.

»Nein doch. Dort unterrichte ich kreatives Schreiben.«

»Kann man jemandem beibringen, wie man Romane schreibt?«, wollte ich wissen.

Es interessierte mich wirklich, aber für meine Neugierde hatte Norbert kein Verständnis. Mit einer abrupten Handbewegung winkte er meine Frage ab.

»Sehen Sie sich endlich die Fotos an«, sagte er.

Die Mappe beinhaltete drei Farbfotos im Format 10 x 15: ein Porträt (das war wichtig), eine lachende Momentaufnahme aus einem Straßencafé in Paris und wie so oft auch noch ein Strandfoto.

»Schöner Mund, grün die Augen«, konstatierte ich.

Warum müssen sie mir ihre Liebsten immer im Badeanzug vorführen, fragte ich mich. Damit ich keine Katze im Sack kaufe? Damit man mir klarmacht, dass es da wirklich was gab, worauf man eifersüchtig sein konnte? So läuft es doch nicht – nicht einmal bei Klára. Ja, sie war eine hübsche schlanke Frau mit dunklen Haaren und markanten grünen Augen, aber keines der Bilder konnte mir erklären, warum ein vierzigjähriger erfolgreicher Schriftsteller sein Gesicht in den Händen vergräbt und in fremden Büros auf die Tischplatten trommelt.

»Es kommt gar nicht rüber, stimmt's?«, sagte Norbert enttäuscht.

Im gleichen Augenblick wurde ihm klar, dass er mir Unmögliches abverlangte.

»Logisch. Sie ist meine Lolita, das Licht meines Lebens, die Glut meiner Schenkel – und Sie sehen eine fremde junge Frau auf dem Bild«, murmelte er wie für sich selbst. »Den Wahnsinn, dem ich seit Tagen verfallen bin, können die paar Fotos nie und nimmer begreiflich machen.«

Er nahm Kláras Porträt zwischen Daumen und Zeigefinger, sah es prüfend an und reichte es mir dann.

»Sie sehen sich zuerst sie an, dann mich, und sagen dann, ob sie mich betrügt.«

Verneinend schüttelte ich den Kopf.

»Ich bin kein Wahrsager.«

»Mensch, vergessen Sie, dass Sie wissen, um wen es sich handelt. Stellen Sie sich das Ganze wie eine normale Situation vor: ein bekannter vierzigjähriger Schriftsteller und eine zwanzigjährige Sinologiestudentin nach zweijähriger Beziehung; er ist erst ihr Zweiter. Wie hoch ist die Wahrscheinlichkeit, dass sie ihn früher oder später betrügen wird?«

Hoch, dachte ich. Ziemlich hoch.

»Bei meiner Arbeit begegnet einem von allem etwas, und wenn man nicht lernt, sich mit seinem Urteil zurückzuhalten, kommt man nicht weit«, sagte ich. »Das behauptet der Privatdetektiv im Roman *Die New York-Trilogie*. Das Zitat benutze ich immer, wenn mir meine Klienten eine vorzeitige Einschätzung entlocken wollen. Den Namen des Autors habe ich leider vergessen.«

»Paul Auster«, informierte mich Norbert gleichgültig. »Er hat auch das Drehbuch zu *Smoke* geschrieben.«

»Wirklich? Den habe ich gesehen.«

Er nickte nur. Ich hätte mich gerne mit ihm über diesen Film unterhalten. Eifersüchtige Menschen kannte ich viele, Schriftsteller waren mir bisher keine untergekommen. Norbert nahm Kláras Porträt wieder in die Hand.

»Es kommt nicht rüber. Der Grund, warum ich sie liebe, kommt nicht rüber.«

»Den können Sie mir doch verraten.«

8.

Kennengelernt hatten sie sich in der Bar Solide Unsicherheit. Sie war zum ersten Mal da, kam dort zufällig mit zwei Kommilitoninnen vorbei. Mit geübter Nonchalance und ohne besonderes Interesse sprach Norbert sie an; angeblich verfolgte er dabei kein bestimmtes Ziel. Ihm war nach einem unverbindlichen Plausch zumute und sie sah gut aus. Sie erkannte ihn, gönnte ihm aber nicht einmal die *Barmherzigkeit einer gespielten Bewunderung*. Letztendlich studierte sie Sinologie, während er ein gewöhnlicher Kommerzschreiber war. Oberflächlicher Humorist. Von Anfang an behandelte sie ihn mit milder Ironie.

Norbert schnitt eine Grimasse. »Ich liebe die Nachsicht von Zwanzigjährigen!«

Man prostete sich auf das Du zu, Norbert spendierte die Drinks und erzählte die üblichen witzigen Geschichten mit einem auffälligen Engagement. Sie ging daher davon aus, dass er sie *aufreißen* wollte (dass diese Bar für One-Night-Stands berüchtigt war, wusste sie schon).

»Sie konnte es kaum abwarten, mich vor ihren Freundinnen abblitzen zu lassen«, erzählte Norbert.

Mit seiner Vermutung lag er richtig, übrigens gab sie es später selber zu. Als er sich gegen Mitternacht verabschieden wollte, war sie ganz verdutzt.

»Moment mal«, protestierte sie. »Willst du nicht mal nach meiner Telefonnummer fragen?«

»Nein.«

»Ist dir klar, wie du damit mein Selbstbewusstsein ramponierst?«

»Um das Selbstbewusstsein von jungen Sinologinnen mache ich mir keine Sorgen«, sagte Norbert.

Er führte eins zu null – und wusste das.

»Das war ein Pyrrhus-Sieg«, schob er erklärend ein.

Zum Schluss ließ er sich doch noch ihre Telefonnummer geben. Drei Tage später rief er sie an und seit dem Abend schliefen sie miteinander. Er hätte nicht gedacht, dass diese Geschichte von Dauer sein könnte, aber nach ein paar Wochen stellte er überrascht fest, dass er in diese Studentin mit den grünen Augen verliebt war und dass er sogar wünschte, sie möge bei ihm einziehen. Er liebte es, neben ihr einzuschlafen; er gewöhnte sich an, ihr die Hand auf den Hals zu legen, *auf diese aufregende Stelle zwischen den kurzen stoppeligen Haaren und ihrer warmen Haut.*

»Ich mochte ihren Geruch so gerne. Ich mag es, sie anzufassen.«

Abrupt sprang er auf, sodass das Sofa quietschte. Er winkte abermals mit der Hand ab.

»Alles nur Pheromone«, presste er zwischen den Zähnen hervor. »Wir sind eine Art biochemisches Labor auf zwei Beinen. Ein Neuron mehr, und man ist alle Ängste los. Die sogenannte gute Laune besteht entweder aus inhaliertem THC oder aus Ethanol im hübschen Glas mit Strohhalm. Und die Liebe? Ganz gewöhnliche Hormone. Man denkt, man ist verliebt, in Wirklichkeit reagiert man nur auf ihr Östrogen oder so was.«

»Und die Eifersucht?«, fragte ich.

»Ist garantiert dasselbe. Bloß hat man das noch nicht erforscht. Wetten, dass den Amis spätestens in zehn Jahren wieder was im Reagenzglas verschimmelt. Versuchsweise basteln sie Tabletten daraus, und ein wenig später kommt die Meldung, in Zentraloklahoma sei die Eifersucht fast ausgestorben und durch ein unglaubliches *Wohlwollen gegenüber der Bigamie* ersetzt worden …«

Er lachte trocken. Ich konnte mir nicht helfen, aber immer, wenn er von Liebe und Eifersucht sprach, fühlte ich mich ihm überlegen.

»Darf ich?«, fragte Norbert und schenkte sich ein; die Flasche war leer.

»Die Flasche ist leer / die siebte Tasse Kaffee / ein Gedicht im Entstehen / olé! olé! olé!«, deklamierte er.

Das hatte mit dem *Fall Klára* nichts zu tun. Ich fasste das als Ausdruck seiner Sympathie auf, eine Art Freundschaftsbonus.

»Die Eifersucht ist ein echter Dämon«, kam er wieder auf sein Thema zurück.

»Die *pathologische* Eifersucht«, sagte ich mit Betonung, »äußert sich nicht selten durch echte Wahnvorstellungen. Sie wird meistens bei Alkoholkranken, bei Personen mit

Venenerkrankungen oder auch bei Alzheimerpatienten beobachtet.«

»Zum Alkoholiker werde ich erst. Hab weder was mit den Venen noch mit dem Alzheimer«, sagte Norbert. »Erstaunlicherweise leide ich nicht mal unter Wahnvorstellungen. Meine Eifersucht ist ziemlich gesund. Wissen Sie, Doktor, wann ich eifersüchtig bin? Wenn ich ihr zum Beispiel ausdrücklich sage, dass ich Push-up-BHs hasse, dass mir kleine Brüste gefallen und dass sie sich meinetwegen keinen solchen BH besorgen muss. Und am nächsten Tag geht sie trotzdem los und kauft sich einen ...«

Es kostete mich einige Anstrengung, einen neutralen Gesichtsausdruck zu behalten.

»Wenn dieser betrügerische BH einem auf den Fuß fällt, ist der Fußrücken kaputt.«

Ich lachte.

»Den Witz habe ich gemacht, damit wir leichter zum Thema Preis übergehen können«, sagte Norbert. »Laut Klára eine bewährte Taktik chinesischer Geschäftsleute.«

Offensichtlich hatte er sich in Rage geredet. Ich ließ ihn machen. Das Geld spielte hier ohnehin keine Rolle.

»Meine naive Vorstellung ist, dass Sie sich – am besten gleich morgen – an Klára *dranhängen*. Für eine Woche. Das heißt, tagsüber beschatten Sie sie und abends stellen Sie eine ausreichende Anzahl von Wagen *bereit*, damit Sie sich gegebenenfalls ihren nächtlichen psychohygienischen Spritztouren anschließen können. Ich verspreche Ihnen, alles zu tun, was in meiner Macht steht, damit sie einen solchen Ausflug auch wirklich braucht.«

Ich sah nicht gerade begeistert aus.

»Machen Sie das oder nicht?«, fragte er streitlustig.

»Natürlich – wenn Sie es wirklich so wünschen«, sagte ich. »Es gibt aber auch billigere Varianten.«

»Ich wünsche es so. Können Sie kurz die Kosten überschlagen?«

Ich zuckte mit den Schultern.

»Vier- bis sechstausend pro Tag in etwa. Plus notwendige Ausgaben. In einer Woche kommen Sie schätzungsweise auf vierzigtausend. Und womöglich sind die Ergebnisse gleich null.«

Der Verkauf seiner Bücher brachte solide Einnahmen, das wusste ich, trotzdem tat er mir etwas leid. Paradoxerweise war seine Selbstbeherrschung im nächsten Moment am Ende.

»Wenn Sie Klára in flagranti erwischen, kriegen Sie das Doppelte!«

Er packte mich an der Schulter.

»Hunderttausend, okay?«

Sanft löste ich mich aus seinem Griff. Ich konnte mir gut vorstellen, wie seine ohnmächtige Wut und die Eifersucht in ihm kochten, trotzdem war ich etwas enttäuscht. Auf diese Weise den Charme zu verlieren hätte er nicht nötig gehabt.

»Haben Sie kapiert, warum ich das mache? Haben Sie kapiert, warum ich so viel zahlen will?«

»Sicher. Wenn mir Klienten unangemessen hohe Beträge anbieten, gibt es meistens zwei Erklärungen dafür: Entweder wollen sie ein falsches Zeugnis oder gefälschte Beweise von mir. Beides lehne ich prinzipiell ab. Oder sie wollen die Möglichkeit ausschließen, dass mich die andere Seite überbietet.«

»B war richtig.«

»Ich bin aber nicht käuflich«, erwiderte ich kühl.

Darauf sagte er nichts. Er glaubte wohl keinem mehr.

»Wie wär's, wenn Sie zur Abwechslung auf ihre Intuition hören würden und versuchten, Ihren Mitmenschen etwas mehr Vertrauen entgegenzubringen?«, fragte ich.

Sein Schweigen beleidigte mich.

»Kommt Ihnen zu riskant vor, was?«, sagte ich gereizt.

Er nickte nur.

»Brauchen Sie noch etwas, damit ... damit es morgen losgehen kann?«

»Nein.«

Er stand auf und wollte schon aufbrechen. Vor der Tür blieb er aber stehen und rang sich ein Lächeln ab.

»Wissen Sie, wie viel heutzutage eine *ordentliche* Hochzeit kostet? Kleid aus Paris, Brillantringe, Bankett für zweihundert Menschen? Dagegen sind Ihre vierzigtausend ein echtes Schnäppchen.«

Ursprünglich wollte ich ihn noch wie alle meine Klienten fragen, ob er wüsste, was er mit der herausgefundenen Wahrheit anfangen würde – aber mit seiner Bemerkung lieferte er mir indirekt die gewünschte Antwort.

Sollte sich herausstellen, dass Klára ihn betrügt, würde er sie nicht heiraten.

9.

Am Ende des Arbeitstages bestelle ich die Angestellten, die da sind, manchmal in mein Büro, öffne eine Flasche gut gekühlten Traminer oder Muskateller (Nina und Sandra mögen stark aromatische Weine) und schenke allen ein Glas ein. Eine scheinbare Kleinigkeit, aber sie kittet Menschen zusammen. Am Mittwoch, zwei Tage nach Norberts zweitem Besuch, brachte ich bei dieser Gelegenheit absichtlich einen etwas komischen Trinkspruch vor.

»Auf das Wohl von allen, die gegen jemanden einen Verdacht hegen«, sagte ich und sah dabei Nina an.

Ich hoffte, dass Sandra darin nichts mehr als eine müde Anspielung auf unsere eifersüchtigen Kunden sehen würde.

»Okay«, sagte Nina und lächelte. »Also auch auf meines.«

Mein Herz hüpfte fröhlich in die Höhe und wenn ich aufrichtig sein soll, spürte ich sogar eine kribbelnde Erregung. Bald werde ich fünfzig, aber immer noch gibt es in meinem Leben Momente, in denen ich mir wie ein Schüler vorkomme. Das ist schön: Ich lebe noch.

»Du verdächtigst jemanden?«, wunderte sich Sandra arglos.

»Ein bisschen schon«, sagte Nina geheimnisvoll.

Eine halbe Stunde später traf Stoffel ein.

»Wie kommt's, dass du schon da bist?«

»Sie ist schon nach Hause.«

Damit war natürlich Klára gemeint.

»Ich mach gleich den Bericht und druck die Fotos aus.«

»Ist was Besonderes vorgefallen?«, wollte ich wissen.

»Nein, kaum was.«

»Würdest du die Antwort etwas ausführen?«

Er hob die Augen zur Decke.

»In einer halben Stunde haben Sie's auf dem Schreibtisch liegen, Chef«, sagte er mit einem leichten Vorwurf in der Stimme.

Ich sah erneut Nina an.

»Glaubst du, dass ich Zeit habe zu lesen?«, antwortete ich in direkter Anspielung auf ihre Replik im Swimmingpool vom Hotel Intercontinental. »Nimm Platz, trink ein Gläschen und erzähl uns alles.«

Widerwillig setzte sich Stoffel hin. Also, fing er an, die beiden Tage sei sie praktisch ständig *at school* gewesen. Jedes Mal habe sie die Straßenbahn genommen. Insgesamt drei Seminare und vier Vorlesungen. Er konnte ihr natürlich nicht in die Seminare folgen und musste jedes Mal irgendwo in der Nähe im Flur warten. Die Vorlesungen hätte er sich aber aus reiner Neugierde angehört. Die eine fand er ziemlich interessant, die restlichen stinklangweilig. Gestern habe die Gute in der Institutskantine zu Mittag gegessen: eine Suppe.

»Was für eine?«, fragte Nina.

Die Frage war als Witz gedacht, Stoffel verstand sie aber als ernst gemeinte Kontrolle.

»Kartoffelsuppe«, sagte er unwirsch. »Und ein Kipferl. Warum?«

Nina lachte.

»Erzähl weiter«, bat ich ihn.

Gestern um halb sechs habe Klára einen Dr. Šmíd im Institut besucht, einen Sinologen. Sie sei genau siebzehn Minuten in seinem Büro geblieben.

»Sieh mal einer an«, bemerkte Nina.

»Quatsch, du hättest den Typen sehen müssen. Der hat voll ne Glatze. Da kommt schon eher dieser Pavel in Frage.«

Mit dem habe sie heute im Café Dahab in der Nähe der Dlouhá-Straße zu Mittag gegessen. Eine Stunde und fünfzehn Minuten lang. Klára habe Gemüsecouscous und Tee gehabt, er nur zwei Bier. Gezahlt habe er. Danach sei sie nach Hause zu Norbert gefahren, er in das Studentenwohnheim Kajetánka. Sie hätten sich ziemlich vertraut unterhalten, aber *null Knutscherei oder Ähnliches.*

»Was meinst du mit *ziemlich vertraut*?«, meldete sich Nina.

Ich hatte den Eindruck, dass sie ihn vor allem meinetwegen hänselte. Stoffel machte ein Gesicht, als ob er noch nie eine so blöde Frage gehört hätte.

»Ist doch klar, Mann, oder? Ich meine, dass es kein Arbeitstreffen war oder so.«

»Also, sie ist unserem Klienten treu. Oder nicht?«, fragte ich.

»Jesses!«, rief Stoffel. »Woher soll ich das wissen?«

»Wissen kannst du es auch nicht. Mich interessiert, was du *denkst*.«

»So was merk ich doch nicht. In diesen Dingen hab ich mich schon zu oft geschnitten. Da komm ich nicht mit, echt, Chef. Sie kennen doch die Weiber …«

Diesmal stimmte auch Sandra in Ninas Lachen ein.

»Probier's doch.«

»No way! Verlangen Sie das nicht von mir, Chef.«

Er stand auf und flüchtete vor weiteren Fragen in den Nebenraum; man hörte, wie er den Drucker einschaltete. Ich erinnerte mich an das *Manifest des echten Mannes*, das Stoffel über seinem Arbeitstisch hängen hatte (das ulkige Stück hat er von einem Kumpel per E-Mail bekommen):

Einkaufen ist nicht lustig und wird es nie sein.

Kein Mann kann sechzehn Farben unterscheiden.

Pfirsich bezieht sich auf Wodka, nicht auf Kleider.

Wir sind einfach gestrickt. Wenn ich dich bitte, mir das Brot zu reichen, werfe ich dir nicht vor, dass es nicht auf dem Tisch liegt. Du brauchst keine versteckten Bedeutungen oder Vorwürfe dahinter zu suchen.

Frage nicht, ob ich dich liebe. Wenn ich dich nicht lieben würde, wären wir garantiert nicht zusammen.

Und so weiter.

Über Sandras Tisch hing wiederum der notorisch bekannte Spruch: *Unmögliches wird sofort erledigt, Wunder dauern etwas länger*. Die Vorstellung, einer meiner Klienten könnte mich mit diesem Text in Verbindung bringen, war mir nicht ganz angenehm. Aber Sandra zu befehlen, diesen wenig originellen Blödsinn abzuhängen, wollte ich auch nicht.

Nach einer Weile stand ich auf und ging zu Stoffel, um mir die Fotos anzusehen. Ihre Qualität überraschte mich: Auf einem Foto war es Stoffel sogar gelungen, den Glanz in Kláras Augen festzuhalten. Pavel, mit dem sie heute zu Mittag gegessen hatte, war ein großer schlanker Mann mit dünnem Bart und schulterlangem Haar. D'Artagnan.

»Perfekt«, lobte ich Stoffel. »Du wirst immer besser.«

Noch einmal blätterte ich die Fotos durch und blieb an einem Bild hängen, wo sich Klára und Pavel am Tisch gegenübersaßen und so weit nach vorne geneigt waren, dass sich ihre Köpfe fast berührten. Stoffel hatte recht, das war wirklich kein Arbeitstreffen. Ich stellte mir vor, wie Norbert lange Minuten das inkriminierte Foto untersucht – und zur allgemeinen Überraschung riss ich es entzwei. Mir war natürlich klar, wie unprofessionell ich handelte und dass ich damit für die beiden jungen Detektive kein besonders gutes Vorbild abgab. Etwas Ähnliches hatte ich mir seit Jahren nicht geleistet.

»Was machst du?«, platzte Nina hervor.

»Mit Doppelkinn sieht sie nicht gut aus«, sagte ich.

Einen zusammenfassenden Bericht bekommt der Klient normalerweise erst nach einigen Beschattungstagen, Norbert aber wollte jeden zweiten Tag informiert werden. Das Treffen am Mittwoch im Kaffeehaus U Vojtěcha hatte er selbst erbeten. Als er mich kommen sah, geriet er trotzdem in Panik. Er sprang aufgeregt vom Stuhl auf und kippte sein Rotweinglas auf dem runden Marmortisch um.

»Was mach ich denn?! Verdammt, was mach ich denn?!«, sagte er immer wieder, während die Kellnerin, die seine Reaktion zu Recht etwas übertrieben fand, den Tisch sauber wischte. Auch einige andere Gäste sahen Norbert verständnislos zu. Keiner von ihnen konnte ahnen, dass sich der

Schriftsteller nicht für seine Ungeschicklichkeit entschuldigte, sondern dafür, die Frau, die er liebte, heimlich beschatten zu lassen.

»Wollen wir uns setzen?«, schlug ich vor.

Die Kellnerin brachte ihm ein neues Glas; als sie es auf den Tisch stellte, blickte sie nach draußen, denn im gleichen Moment wurde der bis dahin feine Regen hörbar lauter. Ich bestellte nur einen Espresso mit Milch; ich wollte schnell nach Hause zu Ruth. Norbert beruhigte sich allmählich.

»Nun bringen Sie mir also – was bringen Sie mir eigentlich? Eine Videokassette?«

»Noch nicht. Nur einen schriftlichen Bericht und ein paar Fotos.«

»Fotos?«, fragte er unsicher.

»*Unschuldige* Fotos«, wiederholte ich mit Nachdruck.

Ich sah ihm zu, wie er für die nächste Frage seinen ganzen Mut zusammennehmen musste.

»Es ist also nichts passiert? Nicht einmal eine Andeutung von …?«

Das Wort *Untreue* mied er genau so, wie wir meistens das Wort *Krebs* zu umgehen versuchen – und das nicht nur aus Rücksicht auf die Menschen, die in Hörweite saßen.

»Nein.«

Er sah lange zu, wie die Regentropfen auf dem Gehsteig zerplatzten.

»Dank Ihnen habe ich mir also etwas erfüllt, wonach ich mich schon immer gesehnt habe – und wovor ich immer Angst hatte«, sagte er. »Ich meine: zu wissen, was meine Freundin macht, wenn ich nicht bei ihr bin.«

»In Abwesenheit seines Partners benimmt sich *jeder* anders, als wenn wir dabei sind. Sie selbst doch auch – oder? Sie müssen es realistisch sehen. Mit einem Kommilitonen zu Mittag zu essen ist noch keine Untreue.«

Er horchte auf.

»Mit einem Kommilitonen? Dem Horálek?«

»Irgendeinem Pavel. Seinen Nachnamen kennen wir noch nicht.«

»Lange Haare und Ziegenbart?«

Ich nickte und reichte ihm einen zugeklebten gelben A4-Umschlag.

»Ist da wirklicht nichts drin, was …?«

Entschlossen holte er Luft.

»Wird es wehtun?«, fragte er.

»Nein«, versicherte ich ihm. »Sie hat nichts getan, was Ihnen Sorgen machen sollte. Sie benimmt sich geradezu vorbildhaft.«

Ich merkte, wie seine Augen sofort feucht wurden. Diese Künstler, dachte ich.

»Sie sehen aus wie eine Mutter, wenn der Gymnasiallehrer ihren Sprössling über den grünen Klee lobt«, konnte ich mir eine bissige Bemerkung nicht verkneifen.

Er lächelte, wog weiterhin den Umschlag in der Hand.

»Sieht nach viel aus. Was ist da um Gottes willen drin?«

»Stoffels Bericht, eine Rechnung für Sprit und Essen und etwa ein Dutzend Fotos.«

»*Stoffel?* Wollen Sie damit sagen, dass sie von diesem gepiercten Milchgesicht beschattet wurde?«

»Für das studentische Milieu ist er doch optimal geeignet, oder? Übrigens studiert er auch – BWL.«

Norbert sah immer noch misstrauisch drein.

»Können Sie sich denn etwa *mich* mit einem Schreibblock in der Hand und einem kleinen Rucksack auf dem Rücken vorstellen?«, fügte ich hinzu.

»Nein.«

Mit dem Fingernagel riss er den Umschlag auf, lugte hinein und öffnete ihn dann ganz.

»Werde ich es wirklich überleben?«

Einem gesunden Menschen muss ein Schlangenbiss nicht unbedingt schaden, aber jemanden mit geschwächtem Immunsystem kann er umbringen, schoss mir durch den Kopf.

»Das hier bestimmt.«

Norbert zog den Bericht hervor und begann zu lesen.

»An Ihrer Stelle würde ich das Material wirklich gut verstecken. Wenn Ihre Partnerin diesen Umschlag findet, haben wir am nächsten Tag niemanden mehr zu beschatten.«

Da hörte er aber schon nicht mehr zu.

»Also ging das schon damals los«, sage ich entrüstet. »Als du das Foto zerrissen hast, hast du mich das erste Mal hintergangen.«

»Mit ein wenig gutem Willen ließe sich das auch anders interpretieren«, protestiert Denis, seinen Blick auf meine Pistole geheftet.

Im Büro ist es inzwischen dunkler geworden; die Jalousien hochzuziehen würde nur für eine kurze Zeit Hilfe bringen, also knipse ich gleich die Aluminiumlampe auf Denis' Arbeitstisch an: In ihrem Licht tritt deutlich die feine Maserung im Kirschholz hervor. Schönheit, die nicht wehtut, denke ich.

»Warum hast du's gemacht?«, frage ich.

»Ist doch klar: Weil du den Roman schreibst.«

»Antworte mir.«

»Stimmt das etwa nicht? Du bist der Herr, ich der Sklave. Der Vollstrecker deiner Befehle.«

Er lächelt – als ob nichts passiert wäre.

»Eine Figur spiegelt wenigstens zum Teil den Charakter des Autors wider«, sagt er. »Willst du wissen, warum ich es

gemacht habe? Du hättest es in Wirklichkeit doch auch gemacht.«

Ich lehne mich zu ihm nach vorne und bringe den Lauf der Pistole näher an sein Gesicht heran. Erschrocken zuckt er zurück.

»Schluss mit dem Spielchen. Ich frage dich, warum hast du das verdammte Foto zerrissen?«

»Du hast mir leid getan«, antwortet er brav. »Ich wollte nicht, dass du dich quälst. Kannst du das denn nicht verstehen?«

Ich schweige.

»Du warst mir sympathisch. Ich hatte dich liebgewonnen.«

Das ist mir entschieden zu viel. Ich ramme ihm die Pistole unters Kinn und drücke sie nach oben; er ächzt vor Schmerz und wirft den Kopf nach hinten.

»Und deswegen musstest du mich permanent anlügen?«

»Ja!«, röchelt er. »Ja!«

Er versucht sogar zu nicken. Ich ziehe mich zurück. Er schnappt nach Luft, tastet seinen Hals ab und versucht zu schlucken.

»Das eine schließt das andere nicht aus«, schnaubt er gekränkt. »Das wissen wir doch beide!«

10.

Kláras hellblauer Nissan stand rechts an einer leicht abschüssigen Einbahnstraße auf einem der wenigen Parkplätze, die donnerstags bis samstags für Hochzeitsgäste reserviert waren (das Rathaus war gleich um die Ecke). Zum dritten Mal umkreiste ich mit Nina hinter mir den Häuserblock, aber wir konnten keine Parklücke entdecken. Wir hatten es natürlich schwerer als alle anderen Autofahrer: Während ihnen *jeder* freie Platz recht war, mussten wir beide einen Platz finden, von dem aus wir den Nissan gut im Auge behalten und gleichzeitig nicht zu dicht neben ihm stehen würden. Im Rückspiegel sah ich, wie Nina hilflos die Arme hochwarf.

»Den Bürgermeister müsste man kastrieren!«, tönte es kurz danach aus dem Walkie-Talkie.

Ich lachte. Ihre Aufregung war mir nur zu verständlich. Der absolute Mangel an Parkplätzen provozierte auch mich zu hilflosen Wutanfällen: Wie soll man jemanden beschatten, wenn es im Umkreis von fünfhundert Metern um dessen Haus nicht möglich ist, einen Parkplatz zu finden? Plötzlich blinkte mich Nina an. Schnell sah ich mich um: Rechts vor uns gingen gerade zwei Männer auf ihren Wagen zu. Ich deutete Nina an, sie solle sich auf diesen Platz stellen, und machte mich auf die vierte Runde.

»Schrecklich«, sagte Nina, als ich mich endlich erfolgreich zwischen zwei Autos gezwängt hatte. »Wirklich schrecklich.«

»Was meinst du? Hast du mir beim Einparken zugesehen?«

Ich öffnete ihr die Tür und sie setzte sich auf den Beifahrersitz.

»Nein«, sie sah mich an, »ich habe dir beim Flirten zugesehen.«

Das ließ ich lieber unkommentiert. Wir waren kurz vor einer Grenze, die ich noch nicht zu überschreiten wagte: Ich wusste nicht, was mich auf der anderen Seite erwartete. Nina kippte ihren Sitz nach hinten bis zum Anschlag, sodass sie fast neben mir lag. Ich schaltete den Motor aus, stellte die Scheinwerfer aus und kontrollierte noch einmal, ob ich Kláras Wagen wirklich gut sehen konnte. In Norberts Wohnung war hinter beiden Fenstern Licht – der Schriftsteller und die junge Sinologin hielten sich anscheinend jeder in einem anderen Raum auf. Hinter der weißen Jalousie in Norberts Arbeitszimmer huschte ein dunkler Schatten. Ich suchte mir ebenfalls eine möglichst bequeme Sitzposition. So wie gestern mussten wir uns auch heute auf ein paar Stunden Wartezeit gefasst machen. Früher habe ich für ähnliche Aktionen externe Mitarbeiter genommen, aber in letzter Zeit hatte ich das Gefühl, dass der Kreis der Menschen, denen man wirklich vertrauen kann, immer kleiner wird, und machte am liebsten auch dieses ermüdende *carsitting* (wie es Stoffel nannte) selbst – besonders wenn Nina dabei war.

»Soll ich die Heizung anmachen? Ist dir nicht kalt?«

Sie schüttelte den Kopf.

»Mir geht's prima. Aber du kannst den Cohen auflegen.«

Ich tat wie geheißen. Die leise, angenehm belegte Stimme erfüllte den Raum. Nina sah hoch zu den Fenstern von Norberts Wohnung.

»Geh schlafen, Mädchen, fahr nirgendwo hin«, murmelte sie. »Geh möglichst früh ins Bett, damit wir nach Hause können.«

»Wer passt auf die Zwillinge auf?«, fragte ich.

»Meine Mutter.«

»Wie geht es ihr? Ich habe sie lange nicht gesehen.«

Nina drehte ihr Gesicht zu mir und in ihren Mundwinkeln zuckte es.

»Prächtig. Wie jeder sechzigjährigen Witwe mit künstlichem Hüftgelenk …«

»War nur eine Frage«, sagte ich entschuldigend.

Sie rutschte auf ihrem Sitz näher zu mir und lehnte ihren

Kopf gegen meine Schulter; ihr Haar duftete nach Shampoo. Nach einer Weile hob ich die Hand und fuhr mit dem Zeigefinger über ihre Stirn.

Sie schloss die Augen. Mein Finger strich sanft über ihre Augenlider und rutschte dann die Nase herunter bis zu den Lippen. Sie öffnete den Mund und biss mir schmerzhaft auf den Fingernagel.

»Und wie geht es Ruth?«, fragte sie leise. »Ich habe sie lange nicht gesehen.«

Kurz nach neun klingelte mein Handy; Nina zuckte zusammen.

»Sie hat gerade die Wohnung verlassen«, flüsterte Norbert aufgeregt. »Den Autoschlüssel hat sie mit!«

Ich nickte Nina zu und ließ den Wagen an. Sie stieg aus und ging schnell zu ihrem Auto.

»Sie wollte nicht sagen, wo sie hinfährt!«

Die Haustür war noch zu, im Flur ging aber schon das Licht an.

»Sie haben ihr nichts gesagt? Sich nicht verraten?«

»Nein – falls Sie die Beschattungsgeschichte meinen.«

»Was ist denn passiert?«

»Ich habe ihre E-Mails gecheckt und sie hat es gemerkt.«

Ich seufzte laut auf. Die meisten Eifersuchtsgeschichten folgten einem unangenehm ähnlichen Muster. Mit der freien Hand setzte ich den Kilometerzähler auf null.

»Was soll ich jetzt machen?«, wollte Norbert wissen.

Klára tauchte vor dem Haus auf. Ihrem Gang war deutlich anzumerken, dass sie Norberts Eingriff in ihre Privatsphäre für unverzeihlich hielt.

»Nichts. Sie bleiben am besten zu Hause. Oder Sie fahren in die Innenstadt, dort haben die Läden noch auf, und kaufen ihr einen richtig schönen Blumenstrauß.«

»Einen Blumenstrauß?«, rief er überrascht. »Was für einen?«

Ich musste lachen. Nun war ich also auch noch der Blumenberater.

»Wie wär's mit roten Gerbera? Erfahrungsgemäß machen sie eine E-Mail-Schnüffelei am schnellsten vergessen.«

»Das finden Sie lustig?«, entgegnete Norbert kühl. »Ich nicht. Das können Sie mir glauben.«

Klára saß schon im Auto.

»Ich muss jetzt Schluss machen. Ich rufe Sie an, Norbert!«

Ich legte das Handy zur Seite und drückte auf den Sendeknopf vom Walkie-Talkie.

»Sie fährt los.«

»I'm ready, my dear Freddy«, meldete Nina.

Das klang für meinen Geschmack ein wenig zu familiär, aber auf der anderen Seite war mir klar, dass ich meine Angestellten nicht einerseits intim unter der Nase kitzeln und gleichzeitig von ihnen als Chef Höflichkeitsfloskeln erwarten durfte. Kláras Motor sprang an. Ich richtete meine Aufmerksamkeit auf die Form ihrer Rücklichter.

»Los geht's«, ordnete ich an.

Sie fuhr die Táborská bis nach Pankrác hinauf und bog hinter der Kreuzung auf die Autobahn Richtung Brünn ab. Ich ließ einen Wagen vor, aber ich wusste, dass es unnötige Umsicht war. Klára fiel bestimmt nicht einmal im Traum ein, dass ihr jemand folgen könnte. Gleich von Anfang an fuhr sie ziemlich schnell, nachdem wir die Stadt verlassen hatten, trat sie das Pedal richtig durch. Der Tacho zeigte bald hundertfünfzig. Nina und ich rasten ihr hinterher. Eine Jagd nach Chimären, dachte ich. Eine lebenslange Jagd.

»Ein mutiges Mädchen«, bemerkte Nina im Walkie. »Ist sie sauer?«

»Wahrscheinlich schon. Der Herr Schriftsteller hat ihre Post überprüft.«

»Dafür fährt sie aber noch ganz schön langsam.«

»Sei bitte vorsichtig«, sagte ich. »Die Fahrbahn ist nass, es besteht Rutschgefahr.«

Vor Průhonice bremste Klára ohne sichtbaren Grund ab – ich musste auch schnell bremsen, um sie nicht zu überholen. Nun fuhr sie wie vorgeschrieben hundertzehn. Ich wurde von einem Lastwagen überholt. Während er kurz vor mir wieder einscherte, machte ich die Nebelscheinwerfer an. Ein Trick, den man problemlos durchschauen kann, aber bei Laien funktioniert er gut. Nachdem der Laster weg war, sah Klára in ihrem Rückspiegel – falls sie überhaupt hinschaute – ein anderes Auto als vorher. Sie passierte die Ausfahrt nach Průhonice und fuhr weiter. Der Tachozeiger erreichte wieder die Ziffer hundertfünfzig. Nach ein paar Minuten sah ich auf den Kilometerzähler: Wir waren bereits vierundzwanzig Kilometer gefahren. Aufmerksam studierte ich die Autobahnschilder. Im Walkie-Talkie knisterte es wieder.

»Hast du deinen Reisepass dabei?«, fragte Nina. »Das Mädel braust nach China durch.«

»Macht sie nicht.«

Mit einem kurzen Blick überprüfte ich noch einmal den Kilometerstand.

»Wetten wir um deinen BH, dass sie bei Ausfahrt 34 wendet?«

»Die Wette gilt. Und by the way: Warum glaubst du das?«

»Die nächste Ausfahrt ist weit weg. Wenn sie hier wendet und direkt nach Hause fährt, hat sie ihre zweiundsiebzig, dreiundsiebzig Kilometer gemacht.«

»Mensch, das stimmt!«, rief sie. »Was für eine kluge Schnüffelnase!«

»Nur ein kleines bisschen Logik«, sagte ich bescheiden, aber ihr Lob tat mir gut.

Vor Ausfahrt 34 bog Klára zur Tankstelle ab.

»Du kannst mal tanken und, wenn's geht, sie dabei filmen«, sagte ich zu Nina. »Ich warte auf dem Parkplatz.«

Klára war schon aus dem Auto gestiegen. Als sie uns den Rücken zuwandte, fuhr ich an den Zapfsäulen vorbei bis zum Parkplatz hinter dem Haus. Ich machte die Lichter aus, schaltete Radio Classic ein und wartete. Bis sich das Walkie-Talkie wieder meldete, verging etwa eine halbe Stunde.

»Sie hat einen Kaffee bestellt und ein Croissant und hat sich mehr als zwanzig Minuten mit irgendeinem Karel am Telefon gestritten.«

»Wer ist Karel?«

»Keine Ahnung.«

»Ein Liebesstreit?«

»Sah so aus.«

»Und weiter?«

»Nichts. Sie hat sich die Zeitschrift *Frau und Leben* gekauft«, meldete Nina.

»*Frau und Leben*?«, wunderte ich mich.

»Ja. Norbert ist auf dem Cover.«

»Ach so.«

»Jetzt ist sie aufs Klo. Soll ich für dich ein paar pikante Aufnahmen machen?«

»Lieber nicht. Davon hab ich schon so viele. Das werde ich bis zu meinem Tod nicht schaffen, mir all die pinkelnden Mausis anzuschauen.«

Unsere Neckereien kamen schön auf Touren.

»Stimmt, du wirst ja auch bald fünfzig. Du solltest deine Videokassetten sortieren und nur die besten behalten.«

»Gut. Hättest du was dagegen, wenn wir jetzt noch ein wenig arbeiten würden?«

»Für Sie immer, Chef.«

»Ab jetzt gehört sie dir«, sagte ich. »Ich bleibe hinter euch. Halt Abstand.«

»Zu Befehl, Chef.«

Der Sender schaltete sich aus, aber ich sah ihn immer noch an, als ob der schwarze Plastikbehälter ein Teil von Nina wäre. Ich öffnete eine Dose Eistee und trank einen Schluck. Fünfmal fuhr ein Auto an mir vorbei; als sechster Wagen kam der Nissan. Ich startete und ordnete mich hinter Nina ein. An der Ausfahrt 34 fuhr Klára von der Autobahn runter, aber nur, um die gleiche Auffahrt nach Prag zurück zu nehmen. Jetzt fuhr sie auf der rechten Spur mit etwa hundertzehn. Ich stellte mir vor, wie Norbert in Nusle nervös durch die Wohnung rannte und an seinen Fingernägeln kaute.

»Du hast gewonnen«, meldete Ninas Stimme aus dem Walkie-Talkie. »Willst du den BH jetzt gleich?«

11.

An den restlichen drei Tagen hatte Klára keine nächtliche Spritztour mehr unternommen. Jedes Mal wurden wir schon nach ein paar Stunden Warten von Norbert telefonisch zurückgepfiffen. Klára sei schon ins Bett gegangen, flüsterte er in den Hörer. Am Freitag traf sie Pavel, aber nur bei der Vorlesung. Zu Mittag aß sie ganz alleine in der Uni-Kantine; beim Essen las sie Zeitung. Nachmittags war sie mit einer Freundin im Fitnesscenter Brumlovka und abends besuchte sie für zwei Stunden ihre Eltern in Malešice. Danach fuhr sie nach Hause. Das ganze Wochenende verbrachte sie mit Norbert.

»Sie benimmt sich verdächtig brav«, stellte Nina bei unserer Montagsbesprechung fest.

»Ich hätte da eine Erklärung«, sagte Stoffel. »Vielleicht hat sie gerade ihre Tage?«

Sandra warf ihm einen vorwurfsvollen Blick zu.

»Vielleicht hat sie dich bemerkt«, stachelte ich.

»No way!«, sagte er pikiert. »Da hat sie eher *euch* bemerkt ...«, fügte er mutig hinzu.

»No way!«, sagte Nina.

Sandra sah uns von ihrem Schreibtisch aus aufmerksam an. Man konnte direkt zusehen, wie in ihr eine Welle von Missfallen wuchs.

Sie hielt es nicht mehr aus: »Und wenn sie ihm treu ist? Darüber wollen wir gar nicht nachdenken, oder wie?«

»Doch, liebe Sandra, doch«, feixte Nina, sah dabei aber mich an (sie konnte sehr anmutig Grimassen schneiden, das hatte mir schon immer an ihr gefallen). »Aber diese kindische Idee haben wir gleich verworfen.«

Noch einmal blätterte ich unsere neuen Fotos durch. Nichts. Nicht die geringste Spur.

»Sandra hat recht«, nickte ich schließlich. »Sie ist ihm wahrscheinlich wirklich treu. Morgen werde ich das Norbert auch so übermitteln.«

Wunder werden sofort erledigt, Unmögliches dauert etwas länger.

»Am schlimmsten sind die ersten Sekunden, nachdem Sie den Raum betreten haben«, sagte Norbert bei unserem Treffen am Dienstag, noch bevor ich mich überhaupt setzen konnte.

Auch diesmal war er als Erster da, obwohl ich gute zwanzig Minuten zu früh gekommen war. Er saß mit dem Gesicht zur Tür und fixierte mich mit starrem Blick.

»Fieberhaft versuche ich Ihrem Gang und Ihrer Mimik zu entnehmen, mit welcher Botschaft Sie diesmal kommen, und jedes Mal wird mir ganz schlecht davon. Meine Knie zittern richtig. Echt.«

Das glaubte ich ihm sofort.

»Und mit welcher Botschaft komme ich?«, fragte ich. »Was sagt meine Mimik darüber?«

»Mit einer guten«, antwortete er. »Das hat mir gerade jetzt Ihr Lächeln verraten.«

Er täuschte Besonnenheit und Ruhe vor, aber in seiner Stimme lag eine sanfte, fast bettelnde Hoffnung. Unfreiwillig stellte ich mir vor, wie es wäre, wenn ich eine *Videokassette* für ihn dabeihätte.

»Kommt darauf an, wie Sie sie bewerten«, sagte ich. »Die Botschaft lautet nämlich: Während der gesamten Woche haben wir für Ihre achtundzwanzigtausend Kronen – die Quittung liegt bei – nichts festgestellt, was Sie beunruhigen sollte.«

Seine Erleichterung war kaum zu übersehen. Schon lange habe ich keinen gesehen, der die Beschattung seines Partners so dramatisch erlebte. Erneut wurde mir bewusst, wie heftig er diese schlanke Studentin mit Vorliebe für schnelles nächtliches Autofahren lieben musste.

»Ist das eine frohe Botschaft?«

Norbert nickte, aber man konnte sehen, dass ihn immer noch etwas bedrückte.

»Am Freitagabend war sie drei Stunden weg und wollte mir nicht sagen, wo sie war«, beklagte er sich.

Es kam die gleiche Kellnerin wie beim letzten Mal. Norbert bestellte eine Flasche Wein und versprach, nicht zu kleckern. Belustigt entfernte sie sich.

»Zwei Stunden«, präzisierte ich. »Sie ist bei ihren Eltern gewesen.«

Ich legte meine Aktentasche auf den Schoß, öffnete sie und gab ihm gleich die Fotos. Beschämt blätterte er sie durch.

»Meine zukünftige Schwiegermutter ist ziemlich fotogen, finden Sie nicht?«

»Zweifelsohne eine schöne Frau.«

»Warum hat sie mir das nicht gesagt?«

»Warum Ihre Schwiegermutter Ihnen nicht gesagt hat, dass sie fotogen ist?«

»Warum hat mir Klára nicht gesagt, dass sie bei ihren Eltern war?«

»Ich würde mal sagen, dass sie auf verdächtigende, eifersüchtige Fragen langsam allergisch wird.«

Norbert nickte.

»Ja«, gab er zu. »Ich muss ihr manchmal bestimmt unerträglich vorkommen.«

Die plötzliche Fähigkeit, sich in den anderen hineinzufühlen, könnte ein guter Anfang sein – aber Norbert machte sofort wieder alles kaputt.

»Jeder von uns ist halt mal unerträglich.«

»Mal ehrlich, Norbert«, fragte ich ihn direkt. »Ist Ihnen um das Geld nicht leid? Jetzt, wo Sie sicher sein können, dass die ganze vermeintliche Untreue nur Ihre eigene Paranoia war?«

Ich wollte, dass das laut ausgesprochen wurde – es könnte ihm in Zukunft helfen. Heute sahen wir uns wahrscheinlich zum letzten Mal. Verständlicherweise wollen die Klienten den Privatdetektiv so schnell wie möglich aus ihrem Gedächtnis tilgen. Auf eine unangenehme Weise erinnert er sie an das Böse in ihnen.

»Himmel, Sie haben es immer noch nicht verstanden – wenn Sie noch solche Fragen stellen können. Natürlich spielt Geld hier keine Rolle. Was sind schon achtundzwanzigtausend? Verdammt noch mal, Mann, ich will diese Frau doch *heiraten*!«

Ich nickte.

»Kann man nicht verstehen, dass ich eine *Sicherheit* haben möchte?«

»Eine Sicherheit werden Sie nie haben«, merkte ich vorsichtig an. »Wollen Sie denn Ihr ganzes Leben lang Ihre Frau beschatten lassen? Mit dieser Einstellung sind Sie bald pleite. Wesentlich wirksamer – und übrigens billiger – wäre es zu lernen, dem Partner zu vertrauen.«

Am wirksamsten ist es, den Partner lieben zu lernen – mit allem Drum und Dran, schoss mir durch den Kopf, aber einen solchen Lehrsatz begreifen nur die richtig fortgeschrittenen Studenten, während Norbert seinen vierzig Lebensjahren zum Trotz immer noch so etwas wie ein *falscher Anfänger* war. Immer wieder und immer wieder hatte er die gleiche Lektion zu lernen, aber die Ergebnisse ließen leider immer noch einiges zu wünschen übrig.

»Schon seinem Wesen nach ist das Vertrauen blind«, sagte er. »Vertrauen ist gut, Kontrolle ist besser – darin liegt eine tiefe Lebenswahrheit.«

»Hauptsache, Sie ertrinken nicht darin.«

Er setzte eine Miene auf, als ob er etwas wüsste, wovon ich keine Ahnung hatte.

»Ich habe eine Erzählung über die Eifersucht geschrieben«, verkündete er. »Am Donnerstag lese ich sie im Kaffee U Knihomola in Vinohrady. Wenn es Sie interessiert, sind Sie herzlich eingeladen.«

12.

Auf Norberts Anraten war ich bei seiner Lesung etwa eine halbe Stunde früher da. Das war klug: Einerseits konnte ich mir ohne Hektik eine Flasche ziemlich guten Blauen Portugieser bestellen und andererseits war der Raum, genau wie es Norbert vermutet hatte, um viertel vor sieben komplett voll. Das Publikum war vorwiegend weiblich, etwa an die sechzig Personen aller Altersgruppen. Klára saß mit Pavel und einer dunkelhaarigen jungen Frau an einem von zwei direkt unter der Bühne stehenden Tischen; sie lächelte, aber man merkte ihr eine leichte Nervosität an. Rechtzeitig setzte ich mich um, damit ich sie während der Lesung beobachten konnte.

Norbert überraschte mich gleich doppelt: Er war etwas aufgeregt und er führte die Lesung auf eine sympathisch formlose Art ein.

»Die Erzählung heißt *Die Sauna*«, sagte er ins Mikrofon. »Keine Angst, ich werde nicht wie eine Fernsehmoderatorin im Vorhinein erzählen, worum es in der Geschichte geht und was Sie von ihr zu halten haben. Aber eines möchte ich doch sagen – für den Fall, dass Sie es nicht selbst mitbekommen sollten: Das Ganze ist pure Selbstironie!«

Das Publikum lachte entgegenkommend. Norbert sah Klára an und fing an zu lesen. Er las gut: laut, mit Sinn für Dramatik, aber ohne zu übertreiben. Gefallen hat mir außerdem, dass er immer wieder ins Publikum blickte. Seine Stimme gewann schnell an Sicherheit.

Sollte jemand Hugos engste Mitarbeiter fragen, ob sie in letzter Zeit an ihrem Chef Spuren von Gereiztheit oder Nervosität bemerkten, hätten alle sicherlich verwundert Nein gesagt. Hugo war schon immer ein wahrer Meister im

Verbergen seiner Gefühle. Vor sich selbst musste er allerdings zugeben, dass er schon über eine Woche unter einer merkwürdigen Verstimmung litt und eine unbekannte, beklemmende Angst verspürte. Der Grund für diesen – bei Hugo ziemlich ungewohnten – Zustand lag auf der Hand: Patricia, seine zwanzig Jahre jüngere Freundin, hatte vor, mit ihren Arbeitskollegen ein Skiwochenende zu verbringen. Das bedeutete gleich fünf junge Männer auf einmal, wobei der Älteste, wie Hugo beunruhigt zur Kenntnis nahm, gerade mal dreiundzwanzig Jahre alt war. Alle, wie Patricia sagte, waren total scharf auf Snowboard, *während der vierzigjährige Hugo natürlich* das Skifahren bevorzugte. *(Als vor einigen Jahren die ersten Snowboards auf den Pisten auftauchten, nahm er, als orthodoxer Skifahrer, das mit deutlicher, wenn auch nicht offen eingestandener Antipathie hin. Auch die spätere große Beliebtheit des Snowboards änderte nichts daran, dass Hugo all die johlenden Grüppchen in Markenklamotten, die ständig um ihre Sprungschanzen herumlagen, wie feindliche Eindringlinge vorkamen.)*

Klára legte ein Bein über das andere, zog ihren kurzen Jeansrock glatt und sah Pavel bedeutungsvoll an. Norbert bekam das nicht mit.

Er hatte also zwischen zwei schlechten Möglichkeiten zu wählen: Entweder kam er mit und musste vor all diesen Jünglingen zwei volle Tage die anstrengende Rolle eines sympathischen Vierzigjährigen *(wie er sich selbst beschreiben würde) beziehungsweise die Rolle* eines echt lockeren Typen *(wie Patricia es ausdrücken würde) spielen, oder er musste Patricia allein nach Spindelmühle fahren lassen und zwei volle Tage – und Nächte – den aufdringlichsten Fan-*

tasien die Stirn bieten … Würde Patricia wirklich alleine verreisen, wäre das in ihrer halbjährigen Beziehung das erste Mal, dass sie nicht in Hugos Wohnung schlafen würde. Eines Tages würde das natürlich kommen müssen, das wusste Hugo genau, nichtsdestotrotz kam ihm schon der bloße Gedanke an ein einsames Wochenende zu Hause (während Patricia sich mit fünf jungen Männern im Schnee herumwälzte und Gras rauchte) schier unerträglich vor.

Er beschloss, mitzukommen.

»Na, Liebling, hast du dich entschieden?«, fragte Patricia gleich, als sie am Dienstag von der Arbeit nach Hause kam.

Hugo betrat den Flur, um sie zu küssen. Erneut nahm er erfreut zur Kenntnis, wie schon durch Patricias bloßes Nachhausekommen seine Junggesellenwohnung an Licht und jugendlicher Anmut gewann. Vor einem halben Jahr hatte er sie ganz zufällig und ohne besonderes Interesse in der Bar Solide Unsicherheit angesprochen – aber schon zwei Wochen später musste er erstaunt feststellen, dass er sich in diese junge blonde Frau mit den kurzen Haaren bis über beide Ohren verliebt hatte und dass er sich sogar danach sehnte, sie möge bei ihm einziehen … Er schlief gerne neben ihr ein (er gewöhnte sich an, ihr dabei die Hand auf den Hals zu legen, auf diese aufregende Stelle zwischen den kurzen stoppeligen Haaren und ihrer warmen Haut) und er wachte auch gerne neben ihr auf. Im Gegensatz zu ihm sah sie auch morgens super aus.

Ein paar Zuschauer lachten.

Übrigens fand Hugo, dass Patricia bei jeder Tätigkeit anmutig aussah. Auch wenn sie sich (wie gerade jetzt) halb nach vorne gebeugt die Schuhe auszog, wenn sie beim Sport schwitzte oder beim Essen an einem zu großen Bissen herumkaute. Jedes Mal sah sie geradezu überwältigend aus.

»Wofür soll ich mich entschieden haben?«, fragte er lächelnd.

»Ob du mitkommst«, präzisierte Patricia mit demonstrativer Geduld.

Demonstrative Geduld, musste Hugo im Geiste zugeben, stand ihr außerordentlich gut.

»Am Wochenende ... In die Berge ...«

Hugo täuschte eine schwache Variante von etwas wie überraschtem Schreck *vor. Das habe ich komplett vergessen, signalisierte sein Gesichtsausdruck.*

»Die Berge!«, rief er. »Ja klar, die Berge!«

Patricia wartete. Hugo spielte auf Zeit. Er spürte, wie seine Hände zu schwitzen anfingen.

»Und ich muss mich jetzt gleich entscheiden?«

»Jetzt gleich natürlich nicht, Liebling, aber es sollte schon heute sein. Morgen muss ich Bescheid sagen, ob ich alleine komme oder zu zweit. Du verstehst.«

Hugo lächelte immer noch, gleichzeitig suchte er Patricias Gesicht nach den kleinsten Spuren von Unaufrichtigkeit ab. Er konnte nichts finden, was ihn beunruhigen sollte – aber auch wiederum nichts, was ihn beruhigen würde.

Im amüsierten Rauschen im Publikum konnte man diesmal deutlich auch Kláras Stimme ausmachen. Norbert las ohne Unterbrechung weiter, zog aber die Augenbrauen hoch und in seinen Mundwinkeln siedelte sich ein Lächeln an.

»Wenn ich mitkomme«, sagte Hugo und tat, als ob er laut nachdenke, »glauben alle, dass ich dich kontrollieren möchte.«

Er schien diesen unerwünschten Aspekt seiner potenziel-

len Anwesenheit auf der Berghütte gerade jetzt entdeckt zu haben. Genau in diesem Augenblick.

»Aber nein«, erwiderte Patricia sofort, für Hugos Geschmack allerdings etwas zu automatisch.

»Außerdem würde ich mir zu alt vorkommen …«

Patricia schüttelte den Kopf. Sie sagte aber nichts.

»Vielleicht wenn man mich richtig herzlich einladen würde …«, warf Hugo ein.

Das war erniedrigend – aber er konnte nicht anders.

»Das habe ich doch.« Patricia protestierte ob Norberts Anspielung. »Mindestens zwei Mal.«

»Vielleicht wenn man etwas mehr drängeln würde …«, lächelte Hugo schief.

Patricia seufzte, ging zu ihm und hängte sich an seinen Hals.

»Okay, also noch einmal: Komm doch bitte mit. Bitte bitte. Ich wär total glücklich, wenn du mitkommen würdest.«

Hugo rieb mit Freude seine Wange an ihrem Nacken, atmete ihren Duft ein und umfasste gleichzeitig mit seinen beiden Händen ihren festen, runden Po. Jetzt gehörte Patricia nur ihm.

»Wirklich«, flüsterte sie.

»Also gut«, sagte Hugo. »Ich komm mit – wenn du so drängelst.«

Patricia trat zurück (etwas zu schnell, dachte Hugo mit leichter Enttäuschung) und lachte trocken. Hugo konnte nicht einschätzen, ob sie sich über seine Entscheidung freute oder nicht. Es war ihm peinlich – gleichzeitig fühlte er sich aber auch erleichtert.

Am Anfang ließ es sich gut an. Die Pension wirkte überraschend gemütlich (es gab hier sogar einen kleinen Swimmingpool und eine Sauna) – aber vor allem fiel während des gesamten Freitagabends keine einzige Anspielung auf Hugos Anwesenheit beim Ausflug einer Firma, in der er selbst nicht arbeitete. Bis auf den dreiundzwanzigjährigen jungen Mann mit Koteletten à la Elvis, der allerdings den Spitznamen Wurstel hatte und bei Hugos Auftauchen in dem überheizten Gemeinschaftsraum kaum bemerkbar das Gesicht verzog, wurde Patricias älterer Lebensgefährte unerwartet nett empfangen – wenn auch natürlich mit einer gewissen Neugierde. Jedes Mal, wenn sich Hugo im Laufe des Abends in die Unterhaltung einmischte, verstummte die ganze Gesellschaft sofort. Aber Hugo bestand die Prüfung: Er drängte sich nicht allzu sehr auf, war entsprechend selbstironisch und gab nur solche Geschichten zum Besten, die durch viele Jahre erprobt und nicht allzu lang waren. Die Meinung der anderen respektierte er meistens, aber um die Diskussion im Gleichgewicht zu halten, brachte er auch ein paar höfliche Einwände vor (auf diesem intellektuellen Niveau war es für ihn ein Leichtes, scheinbar überzeugende Argumente zu finden).

Kláras Grimasse war mir nicht entgangen. Sie neigte sich nach vorne und trank einen Schluck Wein, den ihr Pavel kurz zuvor nachgeschenkt hatte.

Nach drei Stunden stand er zum ersten Mal auf, um kurz auf die Toilette zu gehen (eigentlich wollte er schon länger, versuchte es aber in Hinblick auf sein Alter hinauszuzögern, um von dem feindlich wirkenden Wurstel keine Anspielungen auf vermeintliche Prostata-Probleme einstecken zu müssen). Sobald er den vor Jugend und guter Laune strotzenden Raum verließ, fiel der ungezwungene, amüsierte Gesichtsausdruck, den er auf seinem Gesicht während des Abends immer wieder erneuerte, binnen einer Sekunde ab und wurde durch Apathie und Müdigkeit ersetzt. Er urinierte, wusch sich die Hände und spritzte sich eisiges Wasser ins erhitzte Gesicht. Allmählich begann er zu glauben, dass er bestanden hatte. Als sich nach seiner Rückkehr die (bereits angetrunkene) Patricia auf seinen Schoß setzte und ihm ins Ohr flüsterte, dass sie ins Bett wolle und dass er, Hugo, auf jeden Fall mitkommen müsse, *da wurde sein Glauben fast zur Gewissheit.*

Geschafft, grinste er heimlich (nach außen hin lächelte er wieder freundlich): Nach einer dreistündigen Heuchelei hielten ihn schon vier von fünf zwanzigjährigen Snowboardfahrern nicht für einen kompletten Idioten.

Am Zimmer teilte Patricia (mit der entwaffnenden Offenheit ihres Alters, die er bezaubernd und gleichzeitig schockierend fand) Hugo mit, dass sie zwar Lust hätte, mit ihm zu schlafen, dass er sich aber aus dem Kopf schlagen solle, dass es ihr dabei kommen würde. Sie sei nämlich blau – und wenn sie blau ist, komme es ihr nie.

In der momentanen Situation glich das einer direkten Herausforderung. In der folgenden halben Stunde vollbrachte Hugo auf dem durchgelegenen Doppelbett eine Leistung, die fast über die Grenzen der menschlichen Möglichkeiten hinausging (zumindest kam es ihm so vor). Das Bewusstsein, es in dem Moment quasi mit fünf gut aussehenden jungen Männern aufzunehmen, lähmte ihn anfangs, später schlug es aber zu seinen Gunsten um: Um die Übermacht der Jugend zu besiegen, musste er seine gesamte Erfahrung, Geschicklichkeit und Kraft einsetzen – wodurch Patricia trotz ihrer anfänglichen Skepsis gleich zweimal über ihren Schatten sprang *(wie es Hugo euphemistisch formulieren würde, statt des für ihn in diesem Zusammenhang unpassenden Verbs* kommen*). Als Patricia das erste Mal begriff, dass jener süße Augenblick unaufhaltsam nä-*

her rückte, tauchte in ihren weit geöffneten Augen ein Staunen auf.

»Aaaah!«, schrie sie so laut wie noch nie zuvor.

Hugo legte ihr vorwurfsvoll ein Kissen auf den Mund. Es war klar, dass es alle gehört haben mussten. Die Echtheit ihres Orgasmus zweifelte er nicht an – er fragte sich nur, ob Patricia aus irgendeinem Grund *nicht ein wenig zu dick auftrug.*

Am Samstag lief von Anfang an alles schlecht.

Gleich nach dem Aufstehen wurde Hugo richtig wütend (natürlich nur innerlich), als Patricia, die Kaffee gekocht hatte, nicht nur ihm, sondern aus einem unerklärlichen Grund auch Wurstel eine Tasse brachte … Ausgerechnet dem! Hugo bedankte sich lächelnd, in Wirklichkeit aber fasste er es als eine öffentliche Beleidigung auf. Was hat sie denn diesem Wurstel einen Kaffee zu bringen? Warum lässt sie ihn sich seinen verdammten Kaffee nicht alleine kochen? Was heißt das?

Auf der Piste erging es ihm nicht viel besser.

Um sich selbst und den anderen zu beweisen, dass er es nicht nötig hatte, ständig an Patricias Rockzipfel zu hängen, entschied er sich dafür, allein zu fahren. Unmittelbar darauf bereute er seine Entscheidung. Er fühlte sich miserabel. Während er die Piste hinunterfuhr oder sich unten am Lift anstellte, suchte er ständig nach Patricias roter Pudelmütze (mit der niedlich hervorlugenden blonden Strähne) und dem olivgrünen Anorak.

Erst nach einer Stunde einsamen und lustlosen Skifahrens entdeckte er sie von der Seilbahn aus. Tief unter sich sah er sie am Hang halb liegend, halb sitzend auf dem Schnee. Sie hielt ihr Handy in der Hand, die Däumlinge lagen neben ihr. Offensichtlich tippte sie gerade eine SMS ein und Wurs-

tel und ein anderer junger Mann hinderten sie spaßeshalber daran: Während Wurstel Patricia von hinten festhielt, versuchte ihr der andere das Handy aus der Hand zu reißen. Hugo schoss Blut ins Gesicht. Nach einem solchen Moment hatte er sich immer gesehnt (und gleichzeitig immer Angst davor gehabt) – nämlich ungesehen beobachten zu können, wie sich Patricia in seiner Abwesenheit benahm. Diese Möglichkeit hatte er nun. Seine Hände fingen an zu schwitzen, sein Herz pochte wie wild. Er setzte ein breites Lächeln auf und hob grüßend die Hand – aber keiner bemerkte ihn. Im Bruchteil einer Sekunde zog Hugo in Erwägung, Patricia etwas zuzurufen; schließlich tat er es doch nicht, ließ die Hand aber trotzdem in der Luft (einem uneingeweihten Beobachter hätte er wie ein Skifahrer mit Hitler-Gruß vorkommen können). Im selben Moment hörte er das Piepen, mit dem sich die Textnachrichten ankündigten. Ohne die Augen von dem Geschehen unter sich abzuwenden, öffnete er den Reißverschluss seiner Hüfttasche und tastete nach dem Handy. Patricia wiederum verstaute gerade ihr Telefon in einer ihrer vielen Anoraktaschen, und in dem Moment, als sie ihre Hände frei hatte, stürzte sie sich sich mit gespielter Wut auf die beiden jungen Männer (da musste sich Hugo schon mit dem ganzen Oberkörper im Sitz nach hinten drehen). Wurstel aber wehrte ihren Vorstoß ab, warf sie auf den Boden, schob ihren Anorak und – Hugo traute seinen Augen nicht – ihr gelbes Baumwoll-T-Shirt hoch und stopfte Schnee darunter. Der Sessel ratterte an der Stütze vorbei und entfernte sich sanft schaukelnd vom Ort des Geschehens.

Hugos letzter Blick gehörte Patricias nacktem zappelnden Bauch.

Dann verschwand sie aus seinem Blickfeld.

Auf dem Display stand: WIR WARTEN IM BUFFET. LIEBE DICH. P.

Noch in der Seilbahn stülpte sich Hugo die Stockriemen um die Handgelenke, und sobald seine Skier den Boden berührten, stürzte er sich die Piste hinunter. Ohne auf das Risiko zu achten, fuhr er deutlich schneller als sonst. Am Buffet hielt er abrupt an, schnallte die Skier ab und sah sich um. Die an die hölzerne Verkleidung angelehnten Snowboards kündigten an, dass Patricia und die anderen schon drinnen waren. Er wusste genau, dass seine einzige Chance darin lag, locker über den Dingen zu stehen – *aber das schien ihm immer schwerer. Als sein Atem sich einigermaßen beruhigt hatte, setzte er den Gesichtsausdruck eines aufrichtig über den funkelnden Schnee, die Sonne, Freiheit und Geschwindigkeit erfreuten Skifahrers auf – und öffnete schwungvoll die Tür.*

Mit fortschreitender Lesung lachte das Publikum immer häufiger. Die ironische Erzählung über den von Eifersucht schwer gebeutelten Vierzigjährigen schien bereits viele Zuschauerherzen für sich gewonnen zu haben. Und mit Norberts offenkundigem Erfolg wurde auch Klára ruhiger, sodass sie viel entspannter wirkte.

Nachmittags fuhren Hugo und Patricia gemeinsam Ski. Patricia lobte Hugos Fahrkünste, spendierte ihm im Buffet Kaffee und Apfelstrudel und in der Seilbahn schmiegte sie zweimal voller Hingebung ihren Kopf an seine Schulter. Hugo entspannte sich zunehmend.

Dann, auf dem Rückweg zur Pension, rückte sie mit jenem Vorschlag heraus.

»Die Jungs wollen vor dem Abendessen noch in die Sauna«, sagte sie beiläufig, »kommen wir mit?«

In Hugo zog sich alles zusammen, aber natürlich versuchte er sich nichts anmerken zu lassen. Er traute seinen

Ohren nicht! Im Grunde verkündete sie hiermit, dass sie sich vor dem Abendessen für fünf Typen ausziehen wollte – und sagte es zudem so, als ob es die normalste Sache unter der Sonne wäre! Gut, dass sie gerade im Auto saßen und er äußerste Konzentration auf den ohnehin extrem dichten Verkehr vortäuschen konnte. Nur ganz kurz drehte er sich zu Patricia um, brachte aber nur das übliche amüsierte Lächeln zustande. Sprechen konnte er nicht.

»Ich hätte schon Lust«, fuhr Patricia, die Hugos inneres Drama noch nicht bemerkt zu haben schien, fort. »Was hältst du davon?«

»In die Sauna!«, rief Hugo. »Willst du wirklich mit fünf Männern in die Sauna?!«

Das klang neutral und immer noch leicht ironisch. Eigentlich konnte der Satz in jede Richtung fortgesponnen werden, bloß wusste er nicht wie.

»Nein, mit sechs«, lächelte Patricia. »Ich möchte ja, dass du mitkommst.«

»Ich hasse nackte Männer, schon seit meiner Militärzeit!«, packte Hugo die Gelegenheit am Schopf. »Das taffe Herumpöbeln, die nassen Schamhaare, die herunterbaumelnden Schwänze …« Er schüttelte widerwillig den Kopf (dies war ausnahmsweise nicht gespielt; seine Abscheu war echt).

Patricia lachte. Mit heimlicher Sorge drehte sich Hugo nach ihr um. Diesmal ließ ihn sein Gesicht im Stich.

»Was ist?«, fragte sie sofort. »Dir macht das doch was aus?«

Sie lächelte – und ihr Lachen wurde immer breiter.

»Du bist eifersüchtig!«, rief sie erstaunt.

Eifersucht war kein schönes Wort. Hugo wusste natürlich sehr gut, dass Eifersucht eher Selbstliebe als Liebe zu jemand anderem bedeutete, und eine solche Eigenschaft wollte er nicht mit seiner Person in Verbindung wissen. Die schritt-

weise fahrenden Autos vor ihm hielten wieder an. Hugo lehnte sich zu Patricia hinüber und küsste sie.

»Es macht mir nichts aus. Wirklich nicht«, sagte er mit einer selbstbewussten Überheblichkeit (wenn er diese Show noch lange weiterspielte, kostete ihn das minimal fünf Jahre seines Lebens, dachte er). »Du kannst gerne alleine hin.«

»Macht dir das wirklich nichts aus?«, insistierte Patricia erneut, wenn auch nicht sehr überzeugend.

Unter dem dünnen Anstrich ihrer Fürsorglichkeit sah Hugo bereits die leuchtenden Farben erotischer Freuden durchschimmern. Diese Heuchelei drehte ihm fast den Magen um. Trotzdem schüttelte er lächelnd den Kopf und versuchte seine gesamte Menschenwürde zu mobilisieren. Ich werde doch nicht zulassen, dass ein Teenie so mit mir herumspringt!, schwor er sich.

»Ich will lieber eine Runde lesen«, sagte er und zwinkerte Patricia aufmunternd zu.

Als sie aufs Zimmer kamen, teilte Patricia Hugo mit, dass sie unter die Dusche müsse. Aber als Hugo sie (unter einem fadenscheinigen Vorwand) ein paar Minuten später im Badezimmer aufsuchte, erwischte er sie dabei, wie sie sich die Schamhaare rasierte.

Er war schockiert. Aber Patricia wirkte gar nicht überrascht und besah sich seelenruhig das Ergebnis ihrer Arbeit in ihrem kleinen runden Taschenspiegel.

»Wie ich merke, sind die Vorbereitungen für die Sauna in vollem Gang ...«, bemerkte Hugo und grinste Patricia neckisch an.

Er kam sich vor wie ein Held in einem Actionfilm: Scheinbar in bester Verfassung witzelt er lässig mit den Kollegen und erteilt die letzten Befehle. Als er ein wenig später sein Jackett aufknöpft, taucht eine riesige blutige Wunde auf.

»Das muss sein«, sagte Patricia. »Was ist, wenn die auch keine nassen Schamhaare mögen?«

Hugo hatte das Gefühl, in der nächsten Sekunde in Ohnmacht fallen zu müssen. Aber wie durch ein Wunder verlor er nicht nur das Bewusstsein nicht, sondern stimmte sogar bereitwillig in Patricias unverhohlen provokatives Lächeln ein.

Nach Patricias Abschied vergingen haargenau siebzehn Minuten.

(»Dir macht das wirklich nichts aus?«, fragte sie in der Tür, ihren herrlichen Körper nur in ein weißes Handtuch gehüllt, und Hugo schüttelte zum letzten Mal lächelnd den Kopf.)

Nun hing er zusammengebrochen im Sessel, die ganze Zeit in der gleichen unbequemen Haltung, und bereute seine Worte bitter. Wie ein Alibi hielt er das geöffnete Buch in der Hand, manchmal blickte er auf die aufgeschlagenen Seiten, als ob er sich dort eine Bestätigung holen wollte. Er schwitzte und lauschte mit tragischem Gesichtsausdruck den Geräuschen, die in unregelmäßigen Intervallen aus der Sauna kamen: Wurstels Gejohle, Patricias Jauchzen, Plätschern, Zischen und gedämpftes Klatschen … Seine sensible Fantasie wurde von diesen Geräuschen bis zum Äußersten gereizt, die Stille aber, die sich ab und an über alles senkte, fand er noch unerträglicher.

Die zukünftige Mutter meiner Kinder, sagte er sich, hockt gerade splitterfasernackt mit fünf nackten Typen in einem Raum zusammen, sagte er sich. Eine Nutte.

»Eine Nutte ist sie!«, rief er laut.

Wütend stand er auf, zog sich schnell aus, stellte sich im Badezimmer vor den Spiegel und sah sich seinen Penis an. Dann wickelte auch er sich ein weißes Handtuch um.

»Kontrolle«, sagte er halblaut. »Sittenpolizei.«

Ja, das war gut. Er wird klopfen und fröhlich rufen: »Sittenpolizei – aufmachen!«

Ja, das könnte gehen.

Als er die Treppe hinunterging, fühlte er sich zutiefst gekränkt und beschämt – aber auf seinem müden Gesicht nistete sich bereits ein nettes selbstironisches Lächeln ein.

Den letzten Satz sagte Norbert bereits auswendig, das Manuskript hielt er zusammengefaltet in der Hand. Er lächelte selbstironisch und verbeugte sich zum Schluss sogar. Das Publikum applaudierte keinesfalls nur aus Höflichkeit und das war ihm auch bewusst. Er blickte Klára an, die Beifall klatschend am Tisch stand – und ein diesmal glückliches Lächeln breitete sich auf seinem Gesicht aus.

So kannte ich ihn noch nicht.

Innerhalb der nächsten Minuten wurde Norbert von einer Schar von Menschen umringt, die seine Bücher signiert bekommen wollten. Klára drehte ihm demonstrativ den Rücken zu und setzte ihr leises Gespräch mit Pavel fort; ihre gemeinsame Freundin konnte ich nirgendwo entdecken – wahrscheinlich war sie kurz zur Toilette gegangen. Norbert setzte sich zum Signieren an den Tisch, musste aber immer wieder aufstehen, um Bekannte zu begrüßen: Männern reichte er meistens die Hand, Frauen küsste er auf die Wange. Einer Blondine in einer eng sitzenden hellen Hose legte er dabei den Arm um die Taille. Sie schmiegte sich für einen Augenblick so fest an ihn, dass sie ihn mit Sicherheit mit der Brust streifen musste; Norbert fuhr mit dem Fingernagel über die Naht ihrer Hose. Der Rest des Publikums strömte langsam aus dem Literaturkaffee hinaus, und auch ich mischte mich unter sie. Als ich an Norbert vorbeiging, sah er mich an.

»Ist Ihnen die unglaublich tolle Ironie aufgefallen, Doktor? Dieses herrliche Über-den-Dingen-Stehen?«, fragte er.

Die Frau, der er gerade eine Widmung ins Buch schrieb, blickte mich neugierig an. Ich nickte freundlich und er hob grüßend seine Linke.

»Alles Gute!«

Hiermit verwies er mich definitiv aus seinem Leben.

»Auf Wiedersehen«, sagte ich.

13.

Als ich nach Hause kam, war es noch nicht neun; vor dem Eingang stand Ninas Auto. Ich stieg die Treppe hoch und schloss die Tür auf: Überall war es dunkel, aber aus dem Schlafzimmer war Musik zu hören. Ich klopfte an.

»Herein«, sagte Ruth.

Sie sitzt Nina im Bett gegenüber und ihre nackten Fußsohlen berühren sich; jede hält ein Glas Sekt in der Hand. Auf den beiden Nachttischchen brennen Kerzen. Ruth ist nackt, Nina hat Ruths Morgenmantel an. Ich bleibe in der Tür stehen, sehe sie beide an und eine riesige Welle von Liebe und Dankbarkeit steigt in mir auf – besser vermag ich es nicht zu beschreiben.

»Ich habe dir den BH gebracht«, informiert mich Nina.

»Sehr gut. Verlorene Wetten müssen ausgezahlt werden. Wir haben gewettet«, erkläre ich Ruth.

»Ich weiß.«

Sie weiß alles.

»Meine Mutter lässt dich grüßen«, sagt Nina.

Sie kichern los wie zwei kleine Mädchen.

»Danke.«

»Er ist im Badezimmer. Der BH.«

»Dort liegt auch der Slip – falls du Interesse hast«, fügt Ruth hinzu.

»Heißt das etwa, dass du im Augenblick keinen anhast?«, frage ich Nina.

Ich nehme Platz zwischen den beiden.

»Seine berühmte Kombinationsgabe!«, ruft Nina mit gespielter Bewunderung. »Die hat mir von Anfang an imponiert. Nicht einmal die kompliziertesten Rätsel sind vor ihm sicher!«

Wir sehen uns lächelnd an. Nach einer Weile legen beide ihren Kopf an meine Schulter. Eine sonderbare, höchst angenehme Mischung von Erregung und Ruhe breitet sich in mir aus. Ich fange an, beide auf einmal zu streicheln. Ruth beugt sich nach vorne, gibt mir einen Kuss und dann küsst sie Nina. Nina küsst mich.

»Es war alles richtig, wie du es gemacht hast«, flüstert sie. »Aber mir war das zu langsam. Ich hatte keine Lust mehr zu warten.«

Genüsslich berühre ich ihre Brust.

»Und Ruth?«, will ich wissen. »Welche Rolle spielt Ruth dabei?«

»Ruth ist der Bonus.«

Ruth zieht vergnügt die Schultern hoch.

»Ich liebe euch«, sage ich. »Euch beide.«

»Das wissen wir«, flüstert mir Nina zu und zieht mich ohne Hast aus.

Um halb drei Uhr nachts riss mich das entfernte Klingeln meines Handys aus dem Halbschlaf. Als ich nach Hause kam, hatte ich es im Flur zusammen mit dem Schlüsselbund und dem Portemonnaie geistesabwesend auf den Schuhschrank gelegt und dann vergessen es auszuschalten (unter den gegebenen Umständen ist eine solche Zerstreutheit sicher verständlich). Ruth und Nina schliefen schon. Ich befreite mich möglichst sanft aus ihrer Umarmung und stand auf; beim Hinausgehen schloss ich die Schlafzimmertür leise hinter mir.

Ich ahnte schon, wer es war.

»Sie ist noch nicht nach Hause gekommen«, sagte Norbert grußlos. »Das Handy hat sie auf ihrem Schreibtisch *liegen lassen.*«

Seine Entrüstung schien auch mich mit einzubeziehen: Er hatte mir fast dreißigtausend bezahlt – und wofür? In gewissem Maße konnte ich seine Empörung nachvollziehen, allerdings wirklich nur bis zu einem bestimmten Grad. Ich ging in mein Arbeitszimmer, machte aber kein Licht an.

»Vom Knihomol sind wir in eine Kneipe gewechselt, wir waren etwa fünfzehn Leute, und plötzlich war Klára weg. Verstehen Sie, Doktor, sonst ist keiner verloren gegangen, nur sie, ihre Freundin und *dieser* Pavel. Dabei *wussten* die genau, in welche Kneipe wir wollten.«

»So etwas kann doch mal passieren«, widersprach ich ihm leise. »Das hat noch lange nicht zu bedeuten, dass …«

»Es war *kein Zufall*! Sie ist zusammen mit dem, irgendwo! Warum sonst hätte sie das Handy zu Hause *liegen gelassen*?«

Ich drehte die Lautstärke runter; meine Finger rochen nach Nina. Wie immer spielte auch in diesem Eifersuchtsdrama das Handy die Hauptrolle, dieses teuflische Gerät. Als ob dem Teufel nicht gereicht hätte, was sich die Menschen auch ohne Handy antun.

»Norbert?«, sagte ich nach einer Weile. »Wissen Sie, ich kann mir schon vorstellen, wie es Ihnen geht. Und zwar ohne mir ein Urteil darüber anmaßen zu wollen, ob Sie mit

Ihren Verdächtigungen nicht vorschnell sind. Aber Sie sollten wiederum verstehen, dass …«

»*Vorschnell!*«, unterbrach er mich wütend. »Würden Sie in einer solchen Situation etwa nicht *vorschnell* reagieren?!«

Die Welt draußen war ungewohnt still. Ich sah aus dem Fenster: Die im gelborangen Licht der Straßenlampen unbeweglich stehenden Autos strahlten Ruhe und Geborgenheit aus.

»Lassen Sie mich bitte aus dem Spiel«, entgegnete ich gelassen. »Sie müssen sich einfach klarmachen, dass es fast drei Uhr morgens ist und Sie nicht bei einer Notfallstation, sondern in einem Privathaushalt angerufen haben.«

»Entschuldigung«, sagte Norbert mechanisch. »Entschuldigung.«

»Kommen Sie morgen früh in die Kanzlei«, schlug ich vor. »Dann können wir überlegen, was zu tun ist.«

»Morgen ist zu spät. Ich will wissen, was ich *jetzt* tun kann!«

»Ich fürchte, *jetzt* kann ich Ihnen nicht helfen.«

»Doktor, wissen Sie, was *Uxorizid* ist?«

»Mord an der Ehefrau beziehungsweise Lebenspartnerin«, sagte ich mit einem tiefen Seufzer.

»Richtig. *Hausschlachtung*. Ihnen ist sicherlich auch bekannt, dass junge Partnerinnen, die ja im Vergleich zu älteren Lebensgefährtinnen als sexuell attraktiver und hinsichtlich ihrer Reproduktionstätigkeit wertvoller gelten, bei Männern sehr starke Besitzansprüche hervorrufen. Und dass gestörte Besitzansprüche häufig in häusliche Gewalt münden, wissen Sie auch? Eine junge Partnerin zu sein, ist ziemlich riskant …«

»Sie ist *Ihre* junge Partnerin«, sagte ich. »Meinetwegen töten Sie sie ruhig, mich können Sie damit nicht erpressen.«

Norbert passte sich meinem leichten Ton nicht an.

»Ich habe einen Waffenschein beantragt«, teilte er mir mit. »Und ich werde mir eine Knarre zulegen.«

»Herzlichen Glückwunsch. Jetzt sollten Sie aber rasch in die Federn.«

»Sie meinen, ich kann jetzt einschlafen? Nicht einmal lesen kann ich, rein gar nichts geht. Seit zweieinhalb Stunden marschiere ich ununterbrochen durch die Wohnung und sehe alle dreißig Sekunden aus dem Fenster, ob sie nicht doch endlich nach Hause kommt.«

Ich sagte nichts.

»Mir entgeht kein einziges Auto. Alles, was hier vorbeifährt, scanne ich durch. Und dabei stell ich mir vor, wie …«

Er verstummte. Noch vor Kurzem stand er gewissermaßen über den Dingen, jetzt hatte er jeglichen Abstand verloren. Ich wusste, was er sich vorstellte.

»Norbert, das sind alles nur Bilder. Ausgeburten Ihrer Fantasie. Sie müssen versuchen gegenzusteuern, indem Sie sich etwas anderes vorstellen. Zum Beispiel wie alles in einem Jahr aussehen wird.«

Keine Reaktion. Die Schlafzimmertür ging lautlos auf und nur einen Moment später lugte der helle Haarschopf von Nina in mein Arbeitszimmer. Vor einer ehemaligen Polizistin kann man keine nächtlichen Telefongespräche verheimlichen. Mit der freien Hand winkte ich sie herein.

»Haben Sie mich gehört, Norbert?«, fuhr ich fort. »Versuchen Sie sich vorzustellen, wie Ihr Leben in einem Jahr aussehen wird. Vielleicht haben Sie schon längst Ihre Klára geheiratet. Vielleicht leben Sie mit einer ganz anderen Frau. Vielleicht sind Sie nach Kolumbien ausgewandert … Finden Sie nicht, dass Ihr heute scheinbar unlösbares Problem durch eine solche Perspektive etwas relativiert wird?«

Nina lächelte verschlafen, aber Norbert hörte mir gar

nicht zu. Ich wusste, dass sein Kopf einer Leinwand glich, auf der ein farbiger Pornofilm mit Klára und Pavel in den Hauptrollen lief. Seine schriftstellerische Fantasie ging gerade mit ihm durch: Sie war wie eine starke Strömung, die ihn unwiderbringlich von der Küste ins offene Meer trieb.

»Oder *alte Menschen*«, sagte ich und sah dabei die nackte Nina an. »Menschen am Ende ihres Lebens. Können Sie sich vorstellen, wie *belanglos* Ihnen unsere Luxusprobleme vorkommen würden? Wie gerne sie mit uns tauschen würden?«

Nina schmiegte sich an mich und drückte ihre Wange gegen meine Brust.

»Alles möglich«, sprach Norbert. »Dadurch wird mein mentales Problem aber nicht kleiner. Und wissen Sie warum?«

Seine Stimme überschlug sich erneut.

»Weil mein mentales Problem darin besteht, dass die Frau, die ich heiraten will, sich gerade von jemand anderem *durchvögeln* lässt, da können mich *alte Leute* am Arsch lecken.«

Als er am Ende von seinem Bandwurmsatz angelangt war, musste er zuerst nach Luft schnappen.

»Gehen Sie sie suchen!«, rief er dann. »Finden Sie sie! Sie schaffen das. Ich muss *wissen*, ob …«

Er traute sich nicht, den Satz zu beenden.

»Das können Sie von mir nicht verlangen, Norbert. Es ist drei Uhr morgens.«

Nina hob fragend ihren Kopf hoch.

»Sie kriegen alles bezahlt!«

»Darum geht es doch nicht.«

»Ich bitte Sie«, flehte mich Norbert nun geradezu an. »Bitte! Vielleicht ist es noch nicht zu spät.«

Ich schüttelte den Kopf, wusste aber schon, dass ich es tun würde.

»Vielleicht ist noch nichts passiert.«

»Schon gut«, gab ich mich geschlagen. »Ich seh mich um nach ihr. Aber Sie sollten sich nichts davon versprechen.«

»Wo wollen Sie nach ihr suchen?«

»Keine Ahnung«, sagte ich ausweichend. »Können Sie in Kláras Handy die Liste der ausgehenden Anrufe durchsehen? Ich hätte gerne alle Nummern – und die Zeit des Anrufs, alles klar?«

Ich knipste die Tischlampe an und notierte mir eine Nummer nach der anderen. Blinzelnd musterte Nina meine Nacktheit. Als ich endlich auflegte, gab sie mir einen Kuss auf die Wange.

»Wenn ich mir die Zähne geputzt habe, gibt es einen richtigen Kuss«, sagte sie flüsternd. »Was ist los?«

»Klára ist nicht nach Hause gekommen. Der Meister möchte, dass ich sie finde.«

Ich schlüpfte in meine Unterhose und schickte mich an, meine heiß geliebte Cordhose Marke Marks & Spencer (ich habe mir gleich zwei davon gekauft; dank der Beimischung von Elastan kann man in dieser Hose stundenlang sitzen und sie zwickt nirgendwo) anzuziehen. Nina half mir dabei wie eine erfahrene Verkäuferin. Es war ihr aber deutlich anzusehen, dass sie meine Entscheidung nicht billigte.

»Warum hast du nicht abgelehnt?«

Ich zuckte mit den Schultern.

»Weiß ich eigentlich nicht.«

Ich wusste es wirklich nicht.

»Warum haben wir damals nachts nach diesem Hund gesucht?«, fiel mir ein.

»Weil wir Idioten sind«, sagte Nina. »Wenn du willst, komme ich mit.«

Mir war klar, dass auch sie wenig Lust hatte, in die kalte Nacht hinauszugehen. Umso mehr wusste ich ihr Angebot zu schätzen.

»Das ist nett von dir – aber ich schaffe das schon allein. Geh wieder ins Bett.«

14.

Wo soll man in einer Millionenstadt nach einer zwanzigjährigen Studentin suchen, wenn die Nacht schon zu Ende geht? Ein paar dürftige Spuren hatte ich zwar, aber die Wahrscheinlichkeit, sie wirklich irgendwo anzutreffen, war lächerlich klein. Warum tue ich das?, fragte ich mich immer wieder. Warum bin ich nicht zu Hause, warum liege ich nicht zwischen Ruth und Nina im Bett? Ich erkannte mich kaum wieder. »Du erkennst dich nicht wieder, stimmt's?«, sagte mir Norbert später. »Zwischen dir und dem, was du machst, klafft ein Loch … Die Fähigkeit, das Paradoxe am Charakter einzelner Figuren anhand ihres Handelns darzustellen, zählt zu den größten Errungenschaften des Romans.«

Zunächst klapperte ich alle noch geöffneten Lokale im Umkreis von etwa einem Kilometer um Knihomol ab, aber Klára war nirgends zu finden. Im Akropolis Klub bestellte ich einen Espresso an der Bar und überlegte, welche Möglichkeiten noch offen waren. Zu Kláras Eltern nach Malešice war es von Vinohrady nicht weit. Alle Verkehrsampeln waren aus, die Straßen fast leer. Ich fuhr nicht besonders schnell, trotzdem fegte ich beinah eine Dreiergruppe von Betrunkenen, die mitten über die Fahrbahn wankte, von der Straße. In besoffener Selbstüberschätzung drohten sie mir mit den Fäusten hinterher. Vor dem Haus von Kláras Eltern stand kein blaues Auto. Zur Sicherheit fuhr ich einmal um den Block und spähte auch in die Nebenstraßen hinein. Dann kehrte ich auf die Magistrale zurück und überquerte die Moldau. Ich machte Radio City an, aber schon hinter dem Kreisverkehr am Vítězné náměstí schaltete ich wieder aus, das Geschwätz des Moderators war nicht auszuhalten. Hinter Prašný most bog ich rechts nach Břevnov ab; vor Petynka drosselte ich die Geschwindigkeit und sah aufmerksam zu den Wohnblöcken des Studentenwohnheims. Ein Taxifahrer in einem weißen Škoda Octavia warf mir beim Überholen einen langen, feindseligen Blick zu. Obwohl ich ihn zu ignorieren versuchte, wurde ich trotzdem das Gefühl nicht los, dass er mich mit einer dunklen, negativen Energie angesteckt hat. Ich bog zum Wohnheim ab. In einer Seitenstraße, am Rande der anliegenden Grünfläche, stand Kláras blauer Nissan.

Ich parkte etwa zwanzig Meter vor ihm ein, damit ich den Haupteingang gut im Auge behalten konnte. Nach anderthalb Stunden wurde es hell. Als ich die Tür öffnete, um frische Luft hereinzulassen, bellte hinter der nächsten Hauseinfahrt ein Hund los. Die Stadt behandelte mich wie einen Feind. Wäre ich bloß zu Hause geblieben. Zwanzig Minuten später kamen die ersten zwei Studentinnen aus dem Wohnheim. Ich stieg aus dem Auto, wartete, bis sie außer Sicht waren, und erleichterte mich vor einem der Bäume (in eine speziell hergerichtete Plastikflasche zu urinieren gehört zu den Aspekten meines Berufs, die ich buchstäblich hasse). Dann setzte ich mich ins Auto, um weiterhin der Müdigkeit und Abgestumpftheit zu trotzen. Immer mehr Studenten und Studentinnen verließen das Wohnheim.

Sechs Minuten vor neun tauchten Pavel und das dunkelhaarige Mädchen vom gestrigen Abend vor dem Eingang auf; mir entging nicht, dass Pavel barfuß war, er hatte nur lederne Riemensandalen an. Sie knutschten noch eine Weile und dann machte sich die Frau auf zur Straßenbahnhaltestelle; Pavel winkte ihr hinterher und ging zurück ins Haus.

Die Fragen häuften sich.

Zehn Minuten später rief Norbert an. Unentschlossen, was ich unternehmen sollte, saß ich noch vor dem Wohnheim im Auto.

»Sie ist schon zu Hause«, teilte er mir mit.

Er klang erschöpft.

»Also alles in bester Ordnung«, sagte ich.

»Gott sei Dank. Ja. Sie ist vor fünfzehn Minuten gekommen.«

»Mit dem Auto?«

»Mit einem Taxi. Das Auto hat sie Jiřina geliehen – das ist die Freundin, die gestern mit dabei war.«

»Ach so.«

»Mein hysterischer Anfall von gestern tut mir leid. Es ist mir wirklich peinlich.«

Wahrscheinlich neige er doch zu Paranoia, sagte er. Klára und Jiřina seien gestern plötzlich zwei alte Bekannte über den Weg gelaufen, zwei Holländerinnen, die in Prag lebten, und innerhalb einer Stunde hätten sie es geschafft, sich gegenseitig unter den Tisch zu trinken. Angeblich mit Absinth. Was man ihnen sogar glauben könnte. Pavel sei nur kurz dabei gewesen, dann habe er sich in sein Wohnheim begeben. Klára habe bei Jiřina zu Hause geschlafen, in Vršovice.

»Wie haben die das bloß nach all dem Absinth von Vinohrady nach Vršovice geschafft?«, fragte ich.

»Sie haben SOS Drink angerufen«, klärte mich Norbert auf.

Na sieh mal einer an, dachte ich. Es reichen ein wenig Verzweiflung und eine schlaflose Nacht (eine ernsthafte Krankheit wäre noch besser), und schon ist man dabei, seinem Nächsten Vertrauen zu schenken. Der schlimmste Nährboden für Verdächtigungen sind Gesundheit und ein zufriedenes Leben.

»Es tut mir leid, dass ich Sie aus dem Bett geholt habe«, fügte Norbert hinzu. »Verzeihen Sie. Am Montag komme ich vorbei und begleiche alles.«

»Gut. Heute werden Sie wohl nicht mehr viel zum Schreiben kommen, oder?«

Er verstand diese banale Frage als einen Beweis dafür, dass ich ihm nicht mehr böse war.

»Da haben Sie recht«, lachte er erleichtert.

Du schlaues Flittchen, dachte ich. Letztendlich hatte Klára nicht nur Norbert betrogen, sondern auch mich ausgetrickst. Ich holte die Liste mit den zehn Rufnummern hervor, die mir Norbert nachts diktiert hatte. Acht von ihnen waren konkreten Namen zugeordnet: Pavel, Norberts Vater Mirek, Dr. Šmíd vom Sinologie-Institut, Kláras Eltern, zweimal Norbert und zweimal Jiřina. Bei zwei Nummern standen keine Namen. Als ich die Erste von ihnen anrief, hörte ich sofort eine männliche Stimme auf Chinesisch im Hörer brabbeln (ich nahm zumindest an, dass der Mann Chinesisch sprach). Obwohl ich sonst ziemlich schlagfertig bin, an diesem Morgen überstieg eine solche Überraschung meine Kräfte und ich legte sogleich auf.

Bei der Wahl der zweiten Nummer nahm ich mir vor, etwas umsichtiger vorzugehen. Beim siebten oder achten Klingeln, als ich den Versuch schon beenden wollte, nahm jemand ab. Ich hörte entfernte Gesprächsfetzen und dann sagte eine weibliche Stimme deutlich:

»Pension Zu den zwei Störchen. Guten Tag.«

»Dr. Pravda, guten Tag«, stellte ich mich vor. »Ich würde gerne für kommendes Wochenende bei Ihnen ein Zimmer bestellen – wenn noch etwas frei ist.«

»Aber sicher, die Saison ist vorbei. Sind Sie schon mal bei uns gewesen?«

»Leider noch nicht.« Ich ging auf volles Risiko. »Aber Ihr Haus wurde mir wärmstens von meinem Kollegen, Dr. Šmíd, empfohlen.«

Dieser Teil der Arbeit eines Privatdetektivs – im Gegensatz zum Urinieren in zurechtgesägte Mineralwasserflaschen – hat mir schon immer Spaß gemacht: Man schlüpft in fremde Leben hinein, so wie Frauen vor dem Spiegel Kleider anprobieren.

»Aah, Karel! Alles klar!«, lachte die Frau mehrdeutig. »Der ist ein echter Schwerenöter!«

Bingo, dachte ich. Und augenblicklich tauchte Norberts unglückliches Gesicht vor mir auf.

»Da haben Sie recht«, gab ich zu. »Und ein Glückspilz noch dazu.«

»Ja. Das kann man wirklich sagen. Fast jedes Wochenende ...«

»Wissen Sie, was er mal gesagt hat? Man müsse sich das Leben wie einen Zeichentrickfilm vorstellen – dann erst würde es richtig Spaß machen.«

»Das ist gut!«, rief die Frau begeistert. »Das muss ich mir merken.«

»Um ehrlich zu sein«, sagte ich noch, »manchmal bin ich auf Karels Lebensfreude richtig neidisch.«

»Das wundert mich nicht. Mein Mann auch ... Der kriegt das ja auch immer mit ...«

»Ja. Karel ist extrem widerstandsfähig – aber vor der Versuchung, da muss er passen, stimmt's?«

»Ha ha, der war auch nicht schlecht. Der mit der Versuchung.«

»Wissen Sie, was ich immer naiv gedacht hab? Ohne einen teuren Schlitten keine jungen Frauen, habe ich gedacht, aber offensichtlich reicht es, wenn man Chinesisch kann …«

Sie lachte auf. *Junge Frauen* hat sie durchgehen lassen. Die Schlinge zog sich zusammen.

»Man kann es den jungen Dingern nicht mal verdenken«, fuhr ich fort. »Sie verschütten beim Frühstück versehentlich Teeblätter auf den Tisch und er legt im Handumdrehen aus den Blättern ein chinesisches Gedicht über einen blühenden Bambus … Einem solchen Charmeur kann so eine Klára, oder wie die alle heißen, kaum widerstehen. Habe ich recht?«

»Klára?«

Für den Bruchteil einer Sekunde setzte mein Atem aus.

»Ausgerechnet diese Klára, die will mir gar nicht gefallen«, sagte sie. »Da hat Karel schon sympathischere Frauen hiergehabt.«

Da hatten wir's – unwiederbringlich, unwiderruflich, für immer. Sie betrog ihn.

Dass ich mich verbrannt habe / am heißen Relief der Wand / als ich brennende Sterne / in einem Atemzug trank … Norbert tat mir leid.

»Ohne dass ich Ihnen jedes Mal Recht geben möchte«, flirtete ich weiter, »aber die gute Klára geht mir auch auf die Nerven. Dabei habe ich sie nur ein Mal gesehen.«

»Ich etwa drei Mal und wenn es nach mir ginge, könnte es auch gut dabei bleiben.«

Drei Mal und vorbei, dachte ich.

»Ach, übrigens: Welche Route fahre ich am besten? Von Prag aus? Karel hat es mir mal erzählt, aber ich habe es vergessen.«

Der Weg sei ganz einfach, sagte die redselige Dame. Am schnellsten ginge es über Ausfahrt 34, Richtung Ostředek bei Sázava, dann bei der ersten Kreuzung ab nach Vestec, das sei so ein kleines Dorf, und da wäre ich schon.

»Die Reservierung gilt also für nächsten Freitag und Samstag?«, fragte sie.

»Ja bitte.«

»Zwei Personen?«

»Genau.«

»Am Samstag ist Karel auch da – in Ordnung?«

»Aber klar. Hauptsache, er schleppt nicht diese Klára an.«

»Das kann ich Ihnen leider nicht versprechen«, lachte sie.

»Was mir noch einfällt: Sollten Sie zufällig noch mit ihm telefonieren, sagen Sie bitte nicht, dass ich komme. Es soll eine Überraschung sein.«

»Versprochen.«

Erschöpft sackte ich auf dem Autositz zusammen. Vergeblich versuchte ich mich aufzuraffen, Norberts Nummer zu wählen. Schließlich redete ich mir ein, dass es *für heute reichte*. Wenn ich Norbert alles erst am Montag sagte, würde das am Wesentlichen nichts ändern, und ich hätte ihm wenigstens nicht das Wochenende vermasselt.

Ich beschloss nach Hause zu fahren, um mich auszuschlafen, sah aber noch kurz in der Kanzlei vorbei. Nina war schon da. Ich bat sie, zu mir ins Büro zu kommen, und bedeutete ihr, die Tür hinter sich zuzumachen. Sandra sah uns fragend an.

»Ich komme mir vor wie Monica Lewinsky«, versuchte

sie sich abgebrüht zu geben, errötete dabei aber wie ein Schulmädchen.

Wir fielen uns in die Arme.

»Wie war dein Frühstück?«, fragte ich.

»Toll. Vor allem Ruth ist toll.«

»Ich weiß.«

»Wir haben wie ein glückliches Lesbenpaar gefrühstückt.«

»Das höre ich gerne.«

Sie warf mir einen misstrauischen Blick zu.

»Und du? Hast du etwas herausgefunden?«, fragte sie endlich.

»Setz dich doch.«

Obwohl ich müde war, erstattete ich ihr detailliert Bericht. (Norbert behauptet, dass der Roman als Gattung aus jenen mündlich vorgetragenen Geschichten entstanden ist, die man den gebannt lauschenden Damen der höfischen Gesellschaft vorgetragen hat; das kommt mir ganz glaubhaft vor.) Zweimal musste Nina laut lachen: Als ich ihr mein Urinieren im Park vor dem Studentenwohnheim und das kurze Telefongespräch mit dem unbekannten Chinesen beschrieb. Pavels Knutscherei mit Jiřina hatte sie genauso überrascht wie mich.

»Demnach muss diese Jiřina …?«

»Klára nur das Alibi geliefert haben. Hast du etwa nie eine Freundin gedeckt?«

»Oft.«

»Siehst du. Ihr Weiber …«

»Ihr Männer …«

Ganz zum Schluss erzählte ich ihr noch von Dr. Šmíd, von der Pension Zu den zwei Störchen und davon, dass ich für kommendes Wochenende dort ein Zimmer reserviert hätte.

Sie kniff die Augen zusammen und legte den Kopf schräg zu Seite.

»Ein Doppel- oder ein Dreibettzimmer?«

»Ein Doppelzimmer«, präzisierte ich. »Kannst du jemanden für die Kinder organisieren?«

Sie nickte erfreut. Beide dachten wir an dasselbe. Plötzlich klatschte sie laut in die Hände.

»Der Meister weiß also Bescheid«, stellte sie fröhlich fest.

Sie meinte es gar nicht als Frage, zu ihrer Überraschung schüttelte ich aber den Kopf.

Wir sahen uns an.

15.

Am Samstag regnete es ab dem frühen Morgen. Ruth und ich hatten beschlossen, nicht in unser Wochenendhaus zu fahren, sondern in Prag zu bleiben. Bis zehn lagen wir im Bett, dann frühstückten wir ausgiebig und lasen wie jeden Samstag Zeitung. Nachmittags putzten wir gemeinsam die Wohnung und später fuhren wir in die Stadt essen. Danach gingen wir ins Kino. Der Film war ein ziemlich guter Krimi, aber mehr als sein Ausgang interessierte mich die ganze Zeit die Geschichte von Norbert und Klára – und mir wollte keine gute Lösung einfallen.

Für Sonntag hatte Ruth Nina und ihre Kinder zum Mittagessen eingeladen. Sie verbrachte den ganzen Vormittag in der Küche und bereitete den gefüllten Kalbsbraten vor, während ich mir in meinem Arbeitszimmer die restlichen vierzig Seiten Graham Greene zu Gemüte führte. »Eifersüchtige Liebhaber sind respektabler und nicht so lächerlich wie eifersüchtige Ehemänner. Ihnen gibt die Literatur mit ihrer ganzen Gewichtigkeit Rückhalt. Betrogene Liebhaber sind tragische Figuren, nie komische.« Das ist eine der Notizen, die ich mir während der Lektüre gemacht hatte. Die bis zu Ninas Ankunft verbleibende Zeit wollte ich mir mit Norberts *Erotischen Erzählungen* vertreiben. Erneut wurde mir bewusst, dass es sehr unvorteilhaft sein kann, den Autor persönlich zu kennen. Die Fantasien, die man als Leser während der Lektüre entwickelt, prallen plötzlich mit der Realität zusammen.

Das Mittagessen war ein Erfolg. Die Kinder blieben zwar ihrem Ruf nichts schuldig und wurden im Laufe der Zeit immer wilder. Gleich zweimal hintereinander kippten sie unseren Wein um (Grauer Burgunder 1997) und die gedünsteten Möhrchen benutzten sie als Wurfgeschosse. Da Ruth und ich so etwas höchstens einmal im Monat erlebten, fanden wir diese wilde Räuberbande ganz amüsant.

Natürlich wurde beim Essen auch über Norbert gesprochen.

»Wann willst du es ihm sagen?«, fragte mich Ruth beim Kaffeetrinken.

Sie hielt die Tasse mit beiden Händen auf Kinnhöhe, damit sich die herumtollenden Jungs nicht verbrühen konnten.

»Morgen. Falls er wirklich kommt.«

»Du musst es ihm sagen«, ermahnte mich Nina.

Mit Schrecken stellte ich fest, wie gut sie meine Gedanken lesen konnte.

»Du hast recht«, sagte ich.

Norbert kam am Montag um halb vier. Auf seine sympathische Weise grinste er selbstironisch und balancierte drei auf den ersten Blick schwere, in Geschenkpapier eingewickelte flache Kartons auf dem Arm. Stoffel, der im gleichen Moment von einem Außentermin zurückkam, hielt Norbert die Tür auf. Mir schoss durch den Kopf, dass sich die beiden heute lieber nicht über den Weg laufen sollten.

»Chef, dieser Adámek aus der Resslova ist total clean«, meldete Stoffel sofort.

Um Norbert zu helfen, nahm ich ihm einen seiner Kartons ab und versuchte uns möglichst schnell in mein Büro zu bugsieren.

»Ab und zu nimmt er etwas Shit, mehr nicht. Null. Echt. Das können Sie mir glauben«, fuhr Stoffel fort.

»Später, bitte«, bat ich ihn mit Nachdruck.

»Sie wollten noch wissen, welches Auto ...«

»Später!«, sagte ich ungewohnt barsch.

Stoffel schluckte. Sandra blinzelte überrascht.

»Na«, sagte Norbert in die plötzliche Stille, »so freundlich, wie ich gedacht habe, sind Sie wohl doch nicht.«

»Der ewige Unterschied zwischen Schein und Sein trügt«, sagte ich, gleichzeitig warf ich Nina einen Blick zu. »Die Wirklichkeit ist selten wie sie scheint.«

»Das ist natürlich alles für Sie«, verkündete Norbert, nachdem er die Kartons vorsichtig auf meinem Kirschholztisch abgestellt hatte. »Nehmen Sie es bitte als eine Art Vorschuss für die Nacht vom Donnerstag.«

In jedem Karton lagen jeweils sechs Flaschen einer Premium Spätlese (Blauer St. Laurent, Roter Traminer und Grüner Silvaner).

»Danke«, sagte ich erfreut. »In diesem Fall sind wir quitt. Rufen Sie gerne mal wieder nachts an.«

Er lächelte, mir fiel aber etwas ganz Furchtbares ein: Womöglich ahnte er doch etwas und versuchte, vielleicht unterbewusst, mich zu bestechen, damit ich ihm *nicht* die Wahrheit erzählte? Ich bat ihn, Platz zu nehmen.

»Soll ich einen Rotwein aufmachen?«, fragte ich.

»Was spricht dagegen?«

Es freute mich, dass er spontan zustimmte. Ich hatte eher vermutet, dass er nur schnell den Wein loswerden, ein paar Entschuldigungsphrasen stottern und bald wieder gehen würde.

»Und Sie?«, kam er ohne Umschweife zur Sache, während ich Gläser auf den Tisch stellte. »Sind Sie eifersüchtig? Sie sind doch verheiratet, oder?«

Offensichtlich wusste er nicht mehr, dass er auf dieselbe Frage schon einmal eine Antwort bekommen hatte.

»Eifersucht ist kein Zustand, sondern ein lebenslanger Prozess«, erwiderte ich vorsichtig. »Da kann sich im Laufe der Jahre einiges verändern.«

Durch die Unbestimmtheit meiner Aussage wollte ich testen, wie ernst es ihm diesmal war.

»Schon recht. Also: Wie sieht es bei Ihnen jetzt aus?«

Er schien es heute wirklich wissen zu wollen. Ich überlegte, wie ich es am besten formulieren sollte. Es war nicht das erste Mal, dass ich jemandem erklären musste, dass ich wirklich nicht eifersüchtig war – und trotzdem fand ich immer wieder nur mühsam die richtigen Worte. Meine Erkenntnis ließ sich nicht mechanisch vermitteln, sie musste durch Leiden erkauft werden. Und außerdem: Der Satte glaubt dem Hungrigen nicht.

»Ich bin nicht eifersüchtig. Seit vielen Jahren. Aber bitte, verstehen Sie mich nicht falsch. Ich meine damit nicht, dass ich mir nur aus irgendeinem Grund die Eifersucht *verboten* hätte. Dass ich mich zwinge, meiner Partnerin keine Fragen zu stellen, ihr nicht nachzuschnüffeln und so weiter. Ich zwinge mich zu nichts. Ich brauche mir nichts zu verbieten. Das ist allerdings auch der einzig mögliche Weg. Die echte Eifersuchtslosigkeit hängt weder mit starkem Willen noch mit befreiend gesunkener Libido oder – das mag jetzt vielleicht verwunderlich klingen – mit starkem sexuellem Selbstbewusstsein zusammen. Damit hat das alles nichts zu tun. Das sind nur Krücken.«

Ich legte eine Pause ein.

»Womit hängt sie also zusammen?«, fragte Norbert.

Sollte er meiner Theorie keinen Glauben schenken, ließ er sich das zumindest nicht anmerken.

»Mit wahrer Liebe.«

»Das habe ich geahnt!«, rief er.

In seiner Stimme war deutlich Ironie zu spüren, aber ich wusste, dass er es nicht böse meinte.

»Ich kann es auch anders ausdrücken«, sagte ich. »Nur derjenige, der *wirklich* liebt, ist imstande, *wirklich* keine Eifersucht zu empfinden.«

Norbert schwieg.

»Verzeihen Sie das Pathos«, fügte ich hinzu.

Wir prosteten uns zu.

»Zu Ihrer Zeit bei der Kriminalpolizei, waren Sie dort beliebt?«, fragte er ohne Übergang. Das amüsierte mich.

»Ich stelle mir nämlich vor«, begann er langsam, »wie Sie sich mitten in so einer Gruppe vom Morddezernat über einen weiblichen Körper beugen, aus dem Brustkorb der Frau ragt der Griff eines dreißig Zentimeter langen Tranchiermessers, neben Ihnen der zusammengebrochene Ehemann, seine blutverschmierten Hände stecken bereits in Handschellen, und Sie dozieren gemütlich: ›Tja, meine Herren, nur derjenige, der *wirklich* liebt, ist imstande, auch *wirklich* keine Eifersucht zu empfinden ...‹«

Ich stimmte in sein Lachen ein. Ich konnte ihm seine Ironie nicht übel nehmen: Letztendlich befand er sich noch am anderen Ufer.

»Übrigens«, fragte ich, »haben Sie eine Geliebte?«

»What?!«, Norbert schnappte nach Luft.

»Ich fragte, ob Sie momentan eine Geliebte haben«, wiederholte ich ruhig. »Sie müssen mir natürlich nicht antworten.«

Er wurde ernst. Eine Weile drehte er sein Glas zwischen den Fingern, anschließend nickte er.

»Die Blondine von Ihrer Lesung? Die in der engen hellen Hose?«

Er sah mich erstaunt an.

»Sie sind echt gut.«

»Das hätte ein Blinder erkannt, Norbert.«

»Wirklich?« Seine Verwunderung war echt. »Ist es so ... offensichtlich gewesen?«

»Schon. Sie sollten besser aufpassen.«

Er flocht seine Finger ineinander und dann wieder auseinander.

»Muss ich dazu was sagen?«

»Brauchen Sie nicht.«

»Sie haben es selber gesagt: Vielleicht bin ich deswegen so eifersüchtig, weil ich am besten weiß, wie einfach ein Seitensprung ist.«

»Das klingt tatsächlich logisch.«

»Aber meine Qualen werden dadurch nicht kleiner. Eher im Gegenteil, würde ich sagen.«

Sein schweifender Blick blieb an den Regalen mit den Videokassetten hängen.

»Sind das alles ... Aufnahmen?«, fragte er plötzlich interessiert.

»Meistens.«

»Wow!«

Ich wusste, dass er vor Klára etwa drei Jahre lang mit einer jungen Amerikanerin zusammen gewesen war, daher irritierten mich seine gelegentlichen und spontan eingeworfenen englischen Ausdrücke kaum. Es war offensichtlich pure Gewohnheit, er wollte damit keinesfalls seine Sprachkenntnisse manifestieren. Er legte den Kopf schräg und sah mich vielsagend an.

»Nein, Norbert«, sagte ich lächelnd. »Diese Kassetten zeige ich Ihnen bestimmt nicht.«

»Nur eine Einzige«, bettelte er.

»Ausgeschlossen.«

»Mich interessiert das wahnsinnig. Ich schwöre, ich werde es keinem verraten!«

Er faltete bettelnd die Hände. Obwohl er schon vierzig war, sah er auf einmal wie ein kleiner Junge aus.

»Ich muss Ihnen was erzählen, Doktor. Hören Sie: Ich habe *wirklich* mit dem Roman angefangen.«

Er setzte eine feierliche Miene auf.

»Sagen Sie bloß.«

»Diesmal sage ich die Wahrheit! Und die Geschichte wird von einem Privatdetektiv erzählt!«

Ich war mir nicht ganz sicher, ob ich das als eine gute oder eine schlechte Nachricht auffassen sollte.

»Wirklich?«

»Wirklich. Und jetzt halten Sie sich fest: Wissen Sie, wer im Roman den Privatdetektiv anheuert?«

Ich brauchte nicht lange nachzudenken.

»Der von Eifersucht geplagte Schriftsteller.«

»Richtig. Zuerst sucht er den Privatdetektiv auf und tut, als ob er ein Buch schreiben möchte, in dem ein Privatdetektiv die Hauptrolle spielt. Als ob er auf der Suche nach Arbeitsmaterial wäre, sozusagen. Allerdings stellt sich bald heraus, dass das Einzige, wonach er wirklich suchte, der Mut war, seine junge Partnerin beschatten zu lassen.«

»Ihre schriftstellerische Imagination ist wirklich überwältigend«, sagte ich. »Wo kommen Sie auf solch originelle Ideen?«

Norbert lächelte.

»Sie kennen das Klischee: Nicht der Autor sucht sich sein Thema aus, sondern das Thema den Autor. Genau so war es bei mir. Es macht richtig viel Spaß. Ich habe schon einhundertzwölf Seiten fertig.«

»Und hat sie es schon getan?«, fragte ich möglichst neutral. »Den Seitensprung, meine ich?«

Es war wie in einem sonderbaren Traum. Norbert blinzelte mich an.

»Ja!«, sagte er mit merkwürdiger Betonung. »Sie hat es gemacht.«

Ich freute mich schon darauf, Ruth und Nina von dieser bizarren Situation zu berichten.

»Eine oder zwei von diesen Kassetten zu sichten, würde mir *wirklich* weiterhelfen«, bettelte er.

»Sie machen mich wahnsinnig«, seufzte ich.

16.

Die Fenstervorhänge schlossen sich auf Knopfdruck. Ich bereitete das Videogerät vor und hoffte insgeheim, Nina, Stoffel und Sandra würden das leise Surren nicht mitbekommen. Norbert machte auf mein Geheiß eine zweite Flasche auf und schenkte uns nach. Unschlüssig blieb ich vor dem Regal mit den Kassetten stehen. Erneut konnte ich mich nicht wiedererkennen.

»Etwas Pikantes, wenn ich bitten darf«, sagte er. »Damit es nicht langweilig ist.«

Ich stand gerade mit dem Rücken zu ihm und grinste säuerlich: Meinetwegen könnte er *sofort* eine Geschichte haben, bei der er sich garantiert nicht langweilen würde …

Nach vorne gebeugt las ich die Beschriftungen an den weißen Rückenschildern durch. Schließlich entschied ich mich für eine Aufnahme, die ich vor langer Zeit selbst gemacht und deren Inhalt ich noch ziemlich gut in Erinnerung hatte. Ich schob die Kassette ins Videogerät und setzte mich zu Norbert.

Er hob das Glas: »Auf das Wohl aller heimlich Liebenden!«

Ich prostete ihm zu, ließ seinen Toast aber unkommentiert.

»Sie sind zehn Jahre älter, Denis«, fuhr er fort, »nach allen Regeln der Höflichkeit müssten Sie mit diesem Vorschlag kommen – trotzdem: Wollen wir uns duzen?«

Charmant lächelte er mich an. Es war das erste Mal, dass er mich mit meinem Vornamen anredete; wie lieb mir das auch war, zögerte ich dennoch. Ich wusste, dass ich den professionellen Abstand wahren und Norberts Vorschlag ablehnen sollte, denn Sympathien zu Klienten bringen meistens nichts Gutes mit sich. Aber unter den momentanen Umständen konnte Duzen nichts mehr verschlechtern.

»Okay. Würde mich freuen.«

Wir reichten uns die Hand.

»Prost«, sagte Norbert.

Am Straßenrand hielt ein Opel Astra; eine junge Frau in einem weißen Oberteil hielt ihren kurzen Jeansrock fest und schlüpfte auffällig schnell ins Auto. Ihre Schuhe mit der massiven Plateausohle waren nach den paar Jahren schon völlig aus der Mode.

»Ach, der Sommer … War das die Ehebrecherin?«, fragte Norbert fröhlich.

Ich nickte.

»Ihr Ehemann war – oder er ist es vielleicht noch – Straßenbahnfahrer. Um diese unangenehme Wahrheit über seine Partnerin herauszufinden, musste er die Hälfte seiner gesamten Ersparnisse opfern.«

Der dunkelblaue Opel raste bereits in der sommerlichen Abenddämmerung über die Süd-Magistrale.

»Das verliebte Paar nimmt Reißaus vor den Gesetzen der heuchlerischen Moral ...«, kommentierte Norbert das Geschehen.

Sein überhebliches Gehabe ging mir auf die Nerven. Einerseits konnte er sich gar nicht vorstellen, wie viel Arbeit in diesen scheinbar alltäglichen Aufnahmen steckte, vor allem aber benahm er sich so, als ob er in eine solche Situation nie geraten könnte. Die Handlung war inzwischen etwas weiter fortgeschritten: Der Wagen stand auf einem der vielen engen Wege, die den Rand vom Krčský-Wald säumen. Der Mann und die Frau küssten sich. Kurz darauf lagen sie beide schon auf dem Rücksitz.

»Wer schnauft denn da?«, wollte Norbert wissen.

»Das bin ich. Ich hatte gedacht, sie würden die Tür zur Waldseite öffnen, aber sie vergaßen jegliche Vorsicht und machten die andere auf. Da musste ich ganz schnell um den Wagen herum.«

Wegen der rasch fortschreitenden Dämmerung ließ die Qualität des Films zu wünschen übrig, die rhythmischen Bewegungen des Paares waren dafür deutlich genug. Die Frau drehte sich nach einer Weile auf den Bauch. Ihre weiße Unterhose war ihr zu den Knöcheln gerutscht; mit einem einzigen Ruck riss der Mann sie ganz herunter und warf sie ins Gras neben den Wagen. Die Frau lachte.

»Fräulein, sagen Sie / wie machen Sie das / dass die Turmuhr nicht sprachlos wird / wenn Sie sich entkleiden«, deklamierte Norbert.

»Du kannst dir sicher vorstellen, wie sich ihr Mann gefühlt haben muss, als ich ihm den Film vorgeführt habe«, bemerkte ich.

Ich hatte das Gefühl, als käme mir das Du viel schwerer über die Lippen als ihm.

»War wohl nicht ganz angenehm, oder?« Er zwinkerte mir zu: »Aber vielleicht liebte er sie *wirklich*. Er liebte sie so sehr und in seinem Herzen breitete sich ein riesiges Wohlwollen aus, das das gesamte Universum umfasste …«

Er lachte schallend. Das gab mir den Rest.

»Um das besser nachvollziehen zu können, müsstest du den Film einfach nur umbesetzen«, sagte ich und deutete mit dem Glas auf den Bildschirm. »Stell dir dort Klára vor.«

Augenblicklich war sein blasierter Gesichtsausdruck erloschen.

»Du bist manchmal wirklich grausam«, bemerkte er.

Es klopfte an der Tür.

»Herein!«, rief ich.

Nina trat ein und registrierte erstaunt die zugezogenen Vorhänge und den leuchtenden Bildschirm.

»Guckt ihr zusammen Pornofilme, Jungs?«, fragte sie und tätschelte dabei unauffällig meinen Nacken.

Nachdem Norbert gegangen war, reichte mir Stoffel wortlos seinen Bericht: Dr. Šmíd fährt einen olivgrünen Škoda Octavia mit einem Kennzeichen aus Mladá Boleslav.

»Tut mir leid«, entschuldigte ich mich bei ihm. »Der Herr Schriftsteller sollte nichts mitbekommen.«

Stoffel zupfte an seinem Ohrpiercing.

»Irgendwie bin ich immer noch am Schwimmen, Chef.«

»*Du bist am Schwimmen?* Was heißt das auf Tschechisch, ungefähr?«

Stoffel rollte mit den Augen. »Dass ich es nicht verstehe. Ich verstehe nicht, warum er es nicht hören durfte.«

»Mach dir nichts draus. Wenn du größer bist, wirst du das schon verstehen.«

Stoffel drehte sich um zu Nina.

»Was für ein Spiel wird hier heute gespielt?«

»Verstecken!«, Nina lächelte ihn süß an. »Kennst du das etwa nicht?«

Ich diktierte ihr die Nummer von Jiřina und bat sie, bei ihr anzurufen.

»Tu einfach so, als ob du eine Kommilitonin von Klára wärest, und frag sie nach Kláras Telefonnummer.«

»Okay«, sagte Nina. »Und dann?«

»Dann sehen wir weiter.«

17.

Entsprechend der Wettervorhersage stellte sich am Ende der Woche tatsächlich der avisierte späte Altweibersommer ein, sodass die Autobahn am Freitag schon gleich nach dem Mittagessen viel voller war als sonst. Die ersten fünfzehn Kilometer brachten wir im mühseligen Stop-and-go hinter uns. Die Situation besserte sich erst nach der Autobahnabfahrt nach Benešov und Tábor. In Hvězdonice überquerten wir die Sázava, wegen der Brückenpfeiler und dem Betongelände konnte man von dem Fluss jedoch kaum etwas sehen. Die Zivilisation, dachte ich. Ich konnte es kaum noch erwarten, endlich im gelben Laub waten zu können.

»Wann hast du zum letzten Mal ein Picknick gemacht?«, fragte ich. »Ich meine ein echtes Picknick mit allem Drum und Dran: mit einem Weidenkorb voll mit leckerem Essen, mit einer Flasche Wein, Gläsern und so?«

»In meinem vorherigen Leben.«

Ich sah sie an.

»Ehrlich. Ich habe noch nie ein Picknick gemacht. Wenn du ein Picknick vorhast, dann ist es sozusagen mein erstes.«

»Ja, ich habe wirklich eines vor.«

Die Herbstsonne übertraf sich selbst; ich musste die Klimaanlage höher stellen.

»Mir ist immer noch nicht richtig klar, was wir eigentlich vorhaben«, sagte Nina. »Ist das ein romantisches Weekend zu zweit oder eine Dienstreise?«

»Wie wäre es mit einer aufregenden Kombination aus beidem?«

»Hm. Weiß Ruth Bescheid?«

»Ja.«

»Und Norbert?«

»Nein.«

»Was weiß er überhaupt?«

»Gar nichts.«

»Was geht hier vor?«, fragte sie nach einer Weile. »Wirst du alt?«

»Diese Bemerkung wirst du heute Nacht bitter bereuen.«

Sie lachte, aber mir war klar, dass sie sich im Geiste immer noch mit der Tatsache beschäftigte, dass ich Norbert nichts über die herausgefundene Wahrheit berichtet hatte. Über ihre grundsätzlich ablehnende Haltung dieser Situation gegenüber war ich ebenfalls im Bilde.

Wir fuhren ziemlich lange schweigend weiter.

»Wie rechtfertigst du das vor dir selber? Ich meine, dass du ihm nichts gesagt hast?«, wollte sie dann wissen.

»Besser selig in Unwissenheit leben, als die furchtbare Sicherheit kennen.«

Nina sah mich über den Rand ihrer Sonnenbrille hinweg an.

»Das neue Credo der Detektivkanzlei Pravda?«

Das war ein Punkt für sie – und das wusste sie. Das selbstbewusste Lächeln stand ihr gut.

»Gut getroffen«, gab ich zu.

»Damit ich mich besser orientieren kann: Wir fahren in eigener Regie hin, stimmt's? Norbert hat uns nicht beauftragt, stimmt's?«

»Bisher noch nicht.«

»*Bisher?*«

»Vielleicht irre ich mich, aber ich bin mir ziemlich sicher, dass er das ziemlich bald tun wird.«

»Haben wir deswegen die Videokamera mitgenommen?«

»Erfahrungsgemäß ist der Zufall demjenigen gewogen, der auf alles vorbereitet ist.«

Die überraschend nette Pension Zu den zwei Störchen befand sich in einer kleinen Gemeinde namens Vestec. Sie stand an der Stelle eines ehemaligen Bauernhofes; ihr U-förmiger Grundriss folgte dem Bauplan des ursprünglichen Anwesens. Der einstige Innenhof war mit Terrakotta gepflastert und sah nun wie in einem Schloss aus; an seiner rechten Seite befand sich eine hölzerne Sommerterrasse, wo gleich mehrere Sonnenanbeter das wunderschöne Wetter genossen. Der geschlossene Gästeparkplatz lag dahinter. Insgesamt sechs Wagen standen dort, meistens teure Modelle; ein olivgrüner Octavia war nicht da. Nach kurzem Zögern parkte ich neben einem silbernen BMW. Noch bevor ich aus dem Wagen stieg, rief ich nach alter Gewohnheit Ruth an, um durchzugeben, dass ich gut angekommen war.

»Viel Spaß«, wünschte sie. »Und grüß Nina von mir!«

Die Dame, bei der ich vor einer Woche telefonisch reserviert hatte, nahm uns in Empfang. Ohne Aufforderung zeigte ich ihr meinen Personalausweis. Nina suchte in ihrer Handtasche nach ihren Papieren, aber die Dame flötete mit verschwörerischer Miene, dass das *nicht nötig sei.* Auch heute wirkte sie sehr entgegenkommend, war allerdings weniger zum Plaudern aufgelegt, als ob sie beschlossen hätte, vorsichtshalber ihre Zunge im Zaum zu halten. Das Zimmer, auf das sie uns persönlich begleitete, war auf die übliche Weise unmodern eingerichtet, aber trotz des lila Doppelbettes und des sackförmigen Sessels in derselben Farbe wirkte es sauber und gemütlich. Eines der Fenster mit den weißen Vorhängen führte direkt in einen kleinen Apfelgarten. Die Heizung strahlte eine angenehme Wärme aus. Als ich mich aus dem Fenster hinauslehnte, konnte ich sogar einen kleinen Teich sehen.

»Sie haben es sehr schön hier«, sagte ich.

»Wir geben uns Mühe.«

»Ist Karel schon da? Sein Auto habe ich nicht gesehen ...«

»Der kommt erst morgen.«

»Welches Zimmer wird er ...?«

Sie zeigte lächelnd mit dem Finger auf die Wand, wünschte uns einen angenehmen Aufenthalt und zwinkerte mir beim Hinausgehen verschwörerisch zu.

Ich führte Nina meine Picknickausstattung vor.

»Willst du jetzt sofort aufbrechen oder lieber erst in zwanzig Minuten?«, fragte ich.

»In dreißig«, antwortete sie.

Am Samstag erwachten wir in einen kühlen, dafür aber sonnigen Morgen. Der Rasen und die Kronen der zum Teil abgeernteten Apfelbäume waren mit silbrig leuchtendem Reif bedeckt. Seit dem Moment, als Nina aus dem Badezimmer zurückgekommen war, schäumte sie geradezu über vor Energie und guter Laune. Als wir den hölzernen Wandelgang ins Restaurant zum Frühstück gingen, fasste sie mich bei der Hand. Auf dem Parkplatz war kein neues Auto aufgetaucht. Das Leben war gut.

»Zwei wesentliche Dinge sind diesmal anders«, sagte sie plötzlich, nachdem der junger Kellner eine Kanne mit heißem Tee vor uns hingestellt hatte. »Deine Frau weiß Bescheid – und du erzählst mir nicht, dass du dich scheiden lassen willst. Das ist eine angenehme Veränderung.«

Besorgt sah ich zu ihr auf, aber sie wirkte fröhlich. Ich beugte mich über den Tisch und gab ihr einen Kuss. Sie schob sich den hellen Pony aus der Stirn.

»Und wenn auch ich gelernt habe zu teilen, steht unserem *dreifachen* Glück nichts mehr im Wege.«

Norbert rief genau in dem Moment an, als wir mit dem Frühstück fertig waren. Über das perfekte Timing war ich hocherfreut.

»Hallo, Norbert«, rief ich betont fröhlich in den Hörer.

Auf einen uneingeweihten Gesprächsteilnehmer hätte sein Flüstern merkwürdig gewirkt, aber ich kannte ja den Grund. Es sei ihm sehr peinlich, sagte er, aber er wisse nicht, was er tun solle. Sie hätten sich gestern wieder gestritten, Klára und er, und sie würden jetzt nicht mehr miteinander reden.

»Also rufst du mich als Psychologen an?«

»*Nicht nur*, leider«, sagte er.

Klára sei soeben dabei, ihre Reisetasche zu packen, sie wolle ihm aber nicht sagen, wohin sie fahren will. Momentan stecke sie im Badezimmer. Das Gefühl, sie lüge ihn womöglich an, sei …

»Unerträglich«, antwortete ich. »Ich weiß.«

Wahrscheinlich hatte er gedacht, ich würde sein Leiden auf die leichte Schulter nehmen – damit hätte er mir aber Unrecht getan.

»Es ist idiotisch, dir das zu erzählen«, stöhnte er. »Das ist wirklich sinnlos! Solche Gefühle kann man nicht mit Worten beschreiben! Man kann sie auch nicht *erklären*!«

»Norbert, mach mal Pause«, unterbrach ich ihn sanft. »Möchtest du, dass wir uns an sie ranhängen?«

»Das würdest du für mich tun?«, Norbert tat überrascht. »An einem *Samstag*?«

Du Heuchler, dachte ich.

Seine vorgetäuschte Freude kippte allerdings beleidigend schnell in die viel authentischere Befürchtung um.

»Aber das könnt ihr nie und nimmer schaffen! In zehn Minuten verlässt sie das Haus – oder sogar früher!«

»Wir schaffen das schon«, versicherte ich ihm. »Zufällig bin ich nicht weit weg …«

»Wo bist du denn? Du kannst nicht …«

»Wir schaffen das schon, Norbert«, wiederholte ich. »Du musst mich allerdings in Ruhe arbeiten lassen. Ich rufe an, sobald ich etwas herausbekommen habe. Ruf mich bitte nicht an.«

Ich legte auf, lächelte Nina zu und bestellte zweimal Kaffee.

Wir tranken ihn in Ruhe aus und kehrten zurück auf unser Zimmer. Etwa eine Stunde später hörten wir Motorengeräusch und auf der steilen Anfahrt tauchte die Vorderseite von einem grünen Škoda Octavia auf. Neben Dr. Šmíd saß Klára.

»Herzlichen Glückwunsch, lieber Holmes«, bemerkte Nina, während sie in den Kamerasucher linste.

Das Auto fuhr auf den Parkplatz und wir stellten uns an

das zweite Fenster, das in den Innenhof führte. Der Motor ging aus, aber die Tür blieb geschlossen.

»Sie küssen sich«, meldete Nina.

»Sodom und Gomorrha«, sagte ich und dachte dabei an Norbert.

Endlich stiegen sie aus: als Erste Klára, die sich genüsslich räkelte. Der Streit mit Norbert war ihr nicht anzumerken (und irgendwelche Schuldgefühle schon gar nicht). Dann stieg auch Dr. Šmíd aus.

»Aber hola!«, rief Nina, ohne die Kamera abzusetzen.

Sie musste sich in dem Moment wohl endgültig von ihrer ursprünglichen Vorstellung eines älteren geilen Sinologen verabschieden. Šmíd war unerwartet jung; ich schätzte ihn auf etwa fünfunddreißig. Er war zwar auf den ersten Blick kein Beau (zumindest in meinen Augen nicht), aber er war groß, gut gewachsen und sein fast kahl rasierter Kopf wirkte energisch und männlich. Auf jeden Fall hat sich Stoffel mit seiner Einschätzung gründlich geschnitten. Šmíd holte zwei kleine Reisetaschen aus dem Kofferraum, schloss das Auto ab und ging zusammen mit Klára direkt aufs Zimmer. Man merkte, dass sich die beiden hier gut auskannten. Nach einer Weile hörten wir, wie die Tür vom Nebenzimmer zufiel, dann erklangen gedämpfte Stimmen und Lachen. Sie schlossen nicht ab. Nina machte die Videokamera aus.

»Alles im Kasten«, flüsterte sie zufrieden. »Feierabend, oder?«

Anscheinend sah sie mir meine Unsicherheit an.

»Oder doch nicht?«

Ich zuckte mit den Schultern. Im Nebenzimmer wurde es auf einmal ganz still. Gegen meinen Willen sah ich erneut Norberts Gesicht vor mir.

»Wenn die mit Sex anfangen, dann geh ich«, erklärte Nina. »*Fremdes* Stöhnen ertrag ich nicht.«

Ich streichelte ihre Brust. Die Geräusche hörten sich tatsächlich verdächtig an.

»Es gibt noch eine andere Alternative«, sagte ich. »Parallel tätig werden.«

Sie schlug mir gegen die Brust. Aber als ich begann, sie auszuziehen, leistete sie keinen Widerstand.

Falls ich richtig gehört hatte, kamen beide praktisch im gleichen Moment. Im Gegensatz zu Klára gelang es Nina allerdings, das finale Stöhnen etwas abzudämpfen. So eine Zwanzigjährige, schoss es mir durch den Kopf, wo hat die das bloß her.

»Du Hund«, Nina stürzte sich außer Atem auf mich. »Das war bestimmt Absicht, gib es zu!«

Auf ihrem Hals und ihrer Brust prangten hübsche rote Flecken. Ich fürchte, dass mir ein zustimmendes Lächeln ausrutschte.

»Mann, du bist wirklich pervers!«

»Willst du etwa meine Hobbys kritisieren?«

Sie warf mir ein Kissen an den Kopf und rannte ins Badezimmer. Ich setzte mich im Bett auf und dachte über Klára nach. Aus dem Badezimmer hörte man Wasser rauschen. Ich griff nach meinem Handy: *Sie war von allen Seiten eingeschlossen – dabei war Liebe ihr einziges Verbrechen (Graham Greene). Lade Sie zu einem freundschaftlichen Informationsaustausch ein. In fünfzehn Minuten unten im Restaurant. Dr. Pravda.* Ich tippte die SMS zu Ende und schickte sie an Kláras Nummer.

Eingehüllt in ihr Badetuch sah mir Nina erstaunt über die Schulter. Ich verstand sie gut. Etwas Ähnliches hatte ich noch nie gemacht. Auf dem Display erschien die Nachricht, meine SMS sei angekommen. Die Würfel waren gefallen. Ursprünglich hatte ich Angst, dass Klára womöglich ihr

Handy ausgeschaltet haben würde. Nur ein paar Meter trennen uns und wir kommunizieren über Satelliten, dachte ich.

Die Stille im Nebenzimmer hörte sich plötzlich anders an als vorher – oder es kam mir nur so vor. Kláras Verwirrung konnte ich mir gut vorstellen. Nach einigen Minuten kam die Antwort.

»Wer sind Sie und wo stecken Sie?«, stand auf dem Display.

»Privatdetektiv. Im Nebenzimmer«, sagte ich der Wahrheit entsprechend, weil ich Lügen auf den Tod nicht ausstehen konnte.

»Um Gottes willen, was soll das werden?«, fragte Nina skeptisch.

»Ich möchte niemanden verletzen.«

»Du Arsch!«, schreie ich. »Du hast sie also erwischt – und hast mir nichts gesagt!«

Erstaunlich ruhig nickt Denis mit dem Kopf.

»Du hast mich angelogen – und wie der größte Depp habe ich dich sogar noch großzügig dafür bezahlt!«

Nachdenklich sieht er mich an.

»Du hast für die guten Nachrichten gezahlt, die ich dir brachte«, sagt er sanft. »Sei mir nicht böse, Norbert, aber du hast für das bezahlt, was du hören wolltest. Du hast dafür gezahlt, dass ich – was nicht immer ganz einfach war – alle grausamen Nachrichten von dir fernhielt. Weil ich Angst hatte, du würdest sie nicht ertragen.«

»Quatsch! Du hast ganz übel auf beiden Seiten abkassiert. Lass deine beschissene Dialektik stecken! Es gibt nur eine Wahrheit – und die lautet: Du hast mich verraten!«

»Ich habe dich nicht verraten. Damals noch nicht.«

»Später schon, ja?«, merke ich sarkastisch an.

»Später leider ja. Später muss ich irgendwie die Kontrolle verloren haben.«

Sein unerwartetes Geständnis bringt mich für einen Moment komplett aus der Fassung. Wie einfach ihm das über die Lippen kommt! Und er lächelt noch dabei!

»Andererseits ist es für dich als Autor doch ein gutes Zeichen«, teilt er mir mit. »Wie glaub' ich John Fowles mal gesagt hat: ›Erst wenn wir die Kontrolle über unsere Figuren und über die Geschehnisse verlieren, fangen sie ihr eigenes Leben an.‹ Hast du verstanden? Das heißt nämlich, dass ich lebe.«

»Nicht mehr lange.«

Er setzt eine spöttische Miene auf. Mit dem Handrücken schlage ich ihm auf den Mund. Denis schreit überrascht auf.

»Ich habe Klára nur aus Zuneigung zu dir gedeckt – sieht denn ein Verrat so aus?«, ruft er. »Warum hätte ich es sonst gemacht, wenn nicht aus Sympathie zu dir? Norbert, du musst doch zugeben, dass es für mich tausendmal einfacher gewesen wäre, sie und Šmíd auf Video zu drehen und nach Hause zu fahren. Aus welchem Grund hätte ich es mir sonst so kompliziert gemacht?«

Ich nähere mein Gesicht dem seinen.

»Ihretwegen«, sage ich langsam. »Wegen Klára. Das weißt du ganz genau!«

Er weicht mit den Augen aus – und ich schlage ihn zum zweiten Mal ins Gesicht.

18.

Als Nina und ich ins Restaurant kamen, saß das heimliche Liebespaar schon da. Sie beäugten uns nervös und sahen trotzig aus. Es gefiel mir, dass Šmíd trotz unserer Anwesenheit seinen Arm auf Kláras Schulter behielt. Damit war er in meinen Augen deutlich höher gestiegen. Ich rückte Nina den Stuhl zurecht und dann setzte ich mich auch hin.

»Guten Tag«, sagte ich.

Nina und Šmíd sagten ebenfalls Guten Tag, nur Klára nicht.

»Könnten wir Ihren Ausweis sehen?«, fragte Šmíd feindselig.

Ich zog meine Brieftasche hervor und legte meine Lizenz auf den Tisch; Nina tat das Gleiche.

»Sie erlauben?«

Er nahm beide Dokumente in die Hand und prüfte sie eingehend; Klára streifte sie nur flüchtig mit dem Blick und studierte dann weiter die Holztäfelung an der Decke.

»Ein belesener Spitzel also«, bemerkte Šmíd.

Er gab uns die Ausweise zurück und drehte sich zu Klára um.

»Wir sind Zeugen eines einmaligen Phänomens.«

Erneut musste ich ihm hoch anrechnen, dass er nicht einmal unter den gegebenen Umständen seinen Mut verlor. Nina zeigte mit dem Finger auf seinen Ehering.

»Dafür sind Sie ein ziemlich übliches Phänomen«, baffte sie zurück. »Bin mir allerdings gar nicht sicher, ob das Ihre Frau als einen Milderungsumstand akzeptieren wird.«

Es war mir klar, wie wenig ihr die Situation gefiel, in die wir durch mein Zutun hineingeraten waren. Umso mehr wusste ich zu schätzen, dass sie trotzdem automatisch meine Partei ergriff. Šmíd hielt ihrem Blick stand.

»So ist das Leben«, sagte er. »Keine Tat bleibt ohne Folgen.«

Kláras Blick kam endlich von der Decke herunter.

»*Wer*?«, fragte sie lediglich. »Wer hat sie *angeheuert*?«

Ihre Abscheu war sehr expressiv und verzerrte ihr ansonsten hübsches Gesicht in üble Falten, insbesondere den Mund.

»Norbert, wer sonst«, sagte ich ruhig.

»Ich habe es gewusst!«

»Ich würde sagen, Sie hätten es sich erwarten können.«

»Das Arschloch!«

Ich zuckte mit den Schultern.

»Verzweifelte Männer tun verzweifelte Dinge.«

»Was wissen Sie denn?«, explodierte sie. »Sie wissen von mir – *von uns* doch rein gar nichts! Wie wollen Sie über uns richten?«

»Ich würde mir nie erlauben – insbesondere in Sachen Leidenschaft – über jemanden richten zu wollen.«

Mit einer Handbewegung wischte sie meine Worte wie eklige Insekten weg.

»Was wollen Sie?«, fragte Šmíd. »Geld?«

Nina und ich sahen uns an. Šmíd deutete unsere Blicke falsch.

»Natürlich«, sagte er wie zu sich selbst. »Wie viel?«

Ich schüttelte ablehnend den Kopf, das nahm er aber nicht zur Kenntnis.

»Mehr als Sie von ihm bekommen, oder? So läuft das doch immer.«

»Es geht nicht um Geld«, sagte ich.

»Es ist ganz anders«, sagte Nina. »Wir würden gerne zu einem vernünftigen Preis Chinesisch lernen.«

Šmíd grinste wenigstens ironisch, Kláras Gesichtsausdruck blieb unversöhnlich.

»Ihnen macht das Spaß, oder?«, griff sie uns an. »In fremden Leben zu schnüffeln, Leute zu bespitzeln, Macht über sie auszuüben … Habe ich recht?«

Ich sparte mir einen Kommentar.

»Menschen zu denunzieren, die nur versuchen, sich ein bisschen Lebensglück zu holen. Die endlich was Schönes erleben wollen.«

Ich schwieg.

»Antworten Sie!«, forderte sie mich auf.

»Hören Sie, Klára, ich mache mir über unsere Arbeit keine Illusionen, aber so schwarzweiß, wie Sie es darstellen, ist sie wirklich nicht«, sagte ich. »Schwarz und Weiß gibt es übrigens schon lange nicht mehr – es gibt nur noch Schattierungen von Grau.«

Šmíd hörte zu, Klára nicht.

»Sie sind Hyänen, menschliche Hyänen!«

Diesmal war ihre Beleidigung auch an Nina gerichtet. Nina wollte etwas sagen, aber ich kam dazwischen.

»Sehen Sie, Herr Doktor«, drehte ich mich lächelnd zu Šmíd hin, »wie häufig sich die jungen Intellektuellen, diese mutigen Sucher der verborgenen Lebenswahrheiten, mit den trivialsten Erklärungen zufrieden geben?«

Er sah mich misstrauisch an.

»Gut. Worum geht es also?«, fragte er nach einer Weile. »Was wird hier gespielt?«

»Endlich ein vernünftiges Wort. Wenn Fräulein Klára ihre Empörung kurz beherrschen könnte, würde ich es Ihnen gerne erklären.«

Es waren nicht nur Šmíd und Klára, die auf eine Erklärung warteten, in gewissem Sinne war ich Nina – und letztendlich auch mir selbst – eine schuldig.

»Mir ist klar, dass Ihnen meine Erklärung zumindest am

Anfang unglaubwürdig vorkommen wird«, fing ich an. »Sollten Sie mir aber doch zum Schluss Ihren Glauben schenken, werden wir es der schnöden Tatsache zu verdanken haben, dass es sonst keine andere Erklärung gibt. Da wir nun endgültig Geld als Motiv ausschließen dürfen.«

Alle, Nina inbegriffen, starrten mich an wie das Männchen vom Mars.

»Sie müssen mir also schlicht und einfach glauben, dass mein Tun nur darin begründet liegt, dass ich aus Gott weiß welchen Gründen unseren Meister ins Herz geschlossen habe. Ihn lieb gewonnen habe. Das ist das Geheimnis.«

Keiner sagte etwas.

»Ja, ich setze meine Lizenz aufs Spiel, nur weil mir ein populärer tschechischer Schrifsteller das Du angeboten hat«, lachte ich. »Ich werfe alle Regeln meiner Profession über Bord, weil ich ein Opfer der eigenen Eitelkeit bin.«

Nina presste ihren Zeigefinger gegen die Nasenwurzel.

»Daher verstehen Sie vielleicht jetzt, wie kränkend ich Ihre Bemerkung über Hyänen empfand«, bemerkte ich in Kláras Richtung.

Das allgemeine Schweigen machte mich langsam nervös.

»Und weiter?«, fragte Nina endlich.

»Es gibt zwei Möglichkeiten«, fuhr ich fort. »Die Erste besteht darin, dass sich Klára mit der bisherigen Portion Lebensglück zufrieden gibt und auf den Nachschlag verzichtet. Damit meine ich, dass sie heute ihre Beziehung mit ihrem Lehrer *ein für alle Mal* beendet.«

Kláras Mund klappte überrascht auf.

»In diesem Fall wäre ich bereit, vor Norbert falsch auszusagen, dass Klára auch den heutigen Tag, genauso wie alle vergangenen Tage und Nächte, mit dem Studium von chinesischen Realien und einsamen Spaziergängen an der frischen Luft verbracht hat.«

Ich muss gestehen, dass ich meine Rede beeindruckend fand. Auch Nina sah mich fast bewundernd an.

»Das ist doch absurd!«, rief Klára. »Völlig absurd!«

»Und die zweite Möglichkeit?«, fragte Šmíd pragmatisch und gab sich selber gleich eine Antwort: »Wir beenden die Beziehung nicht, Sie kriegen es früher oder später heraus – und sagen Norbert die Wahrheit.«

»Genau richtig. Für den Fall, dass er mir nicht glauben würde, haben wir selbstverständlich noch ein paar Videoaufnahmen in Reserve, unter anderem auch die von diesem sonnigen Vormittag.«

Šmíd schnitt eine Grimasse. »Schachmatt.«

»Lecken Sie sich am Arsch!«, schrie Klára auf einmal. »Verstehen Sie? Lassen Sie uns in Ruhe und verschwinden Sie!«

»Diese Variante kann leider nicht akzeptiert werden«, sagte ich.

Nina lachte.

»Sie lassen sich also tatsächlich von sogenannten *edlen* Motiven leiten«, bemerkte Šmíd höhnisch. »Ich hätte nicht geglaubt, dass es so etwas noch gibt.«

»Freut mich, dass es endlich jemand bemerkt.«

»Sie sind also eine Art *Robin Hood der Liebe*, ja?«

Seinen schlagfertigen Vergleich fand ich sogar recht gut.

»Auf die Idee bin ich noch gar nicht gekommen. Das werde ich mir merken.«

Nina empfand erneut das Bedürfnis, mich zu verteidigen.

»Und Sie?«, fragte sie Šmíd, sah dabei aber auch Klára an. »Haben Sie ihr schon versprochen, sich bald scheiden zu lassen?«

»Er hat mir nichts versprochen. Da haben Sie's. Uns reicht das, was wir haben. Aber das können Sie ja schwer begreifen. Lassen Sie uns in Ruhe!«

In Ninas traurigem Lächeln lag ein Wissensvorsprung, den Klára nicht verstehen konnte.

»Uns reichen die Probleme vollkommen, die wir auch ohne Sie haben!«, schrie sie.

In dem Moment klingelte mein Handy. Ich sah aufs Display.

»Norbert.«

Ich presste das Telefon dicht an mein Ohr und legte den Zeigefinger an die Lippen – was ganz unnötig war, weil alle schon in dem Moment verstummten, als ich Norberts Namen ausgesprochen hatte.

»Ich kann jetzt nicht reden, Norbert. Ich rufe dich gleich an«, sagte ich leise.

»Ich ... entschuldige, aber ich halte es nicht mehr aus.«

Mir kam es so vor, als ob ihn in der plötzlichen Stille auch die anderen hören würden.

»Meine Vermutungen. Diese Fantasien ... Das ist die Hölle!«

»Norbert? Beruhige dich. Im Moment ist alles in bester Ordnung. Verstehst du? Hast du mich gehört?«

»Ja.«

»Ich ruf später an.«

Ich legte auf. Die Stille hielt an. Šmíd räusperte sich.

»Also: Haben wir noch Zeit zum Nachdenken?«

Klára sah ihn an – und auf einmal fing sie an zu weinen; sie warf sich ihm in die Arme und weinte laut. Geduldig streichelte er ihren Kopf.

»Ähnliche Auftritte sind Ihnen wohl vertraut«, sagte er giftig.

»Klar«, entgegnete Nina. »Sie brauchen sich gar nicht zu genieren. Heulende Frauen sind unser täglich Brot.«

»Wenigstens eines könnten Sie zugeben, Herr Doktor«, sagte ich. »Norbert hat nachweislich vor, seine Freundin zu heiraten. Für Sie ist Klára aber, Hand aufs Herz, lediglich eine von vielen anderen Studentinnen.«

Er sah mich mit unverhohlenem Hass an.

»Sie haben hier doch auch andere Frauen mitgehabt, oder?«

»Von wegen, es macht Ihnen keinen Spaß, andere zu verletzen!«, schrie Klára gehässig.

Das Ganze war in der Tat schon etwas absurd.

»Hören Sie mit dem Heulen auf«, bat ich sie. »Heute Nachmittag müssen wir ein paar *sittsame* Aufnahmen machen, ich möchte nicht, dass Sie in dem Film verquollene Augen haben.«

19.

Danach gab es keinen Protest mehr, weder von Klára noch von Šmíd.

Obwohl ich mir von Anfang an sicher war, dass die Sache zum Schluss so ausgehen würde, fand ich es doch enttäuschend, wie leicht – all den Umarmungen, starken Sprüchen und theatralischen Weinkrämpfen zum Trotz – sie ihre Beziehung geopfert hatten. Sie hätten es nie laut zugegeben, aber im Grunde waren sie dankbar, dass ich Ihnen die Entscheidung abgenommen hatte. Die Liebe wurde, wie so häufig, von ganz gewöhnlicher Bequemlichkeit besiegt: Sie wollten keine Probleme haben.

Und so war das Einzige, was von Kláras Protest übrig blieb, die beleidigte Trotzhaltung, mit der sie die Aufnahmen für ihren eigenen Alibifilm erschwerte (Šmíd nahm nicht einmal als Zuschauer teil, er fuhr zu seiner Frau in das gemeinsame Wochenenddomizil). Wir brachten Klára nach

Prag zurück, wo wir sie geradezu bitten mussten, am Rande des vom Hochwasser beschädigten Baumgartens einen einsamen Spaziergang zu simulieren. Danach setzten wir sie in das nicht weit entfernte Café Globe an einen leeren Tisch – und drehten einen kurzen Film darüber, wie sie in aller Unschuld an ihrem Cappuccino nippte und in einer Zeitung las, die wir unterwegs an der Autobahntankstelle gekauft hatten.

Die Liebe war zu Ende.

Die Tatsache, dass sich Kláras und meine (durch »authentische« Aufnahmen untermauerte) Version bis ins kleinste Detail deckten, nötigte Norbert ein reuevolles Geständnis ab: Ja, auch diesmal habe er sich mit seiner Eifersuchtshypothese vergalloppiert. Schon wieder habe er Klára grundlos verdächtigt. Während sie ihm treu sei, quäle er sie mit seinen Eifersuchtsattacken. Es wundere ihn nicht mehr, dass sie ihm immer wieder aus dem Weg ging, denn mit einem paranoiden Monster wie ihm sei ein normales Leben nicht möglich.

Endlich habe er begriffen, dass er sich ändern müsse. Ihm wurde bewusst, dass Eifersucht in der Tat eher Eigenliebe als die Liebe zu jemand anderem ausdrückte und dass der Schlüssel zum Problem tatsächlich in der Fähigkeit zu lieben liege. Ich hätte recht gehabt, sagte er mir. Er bat Klára mehrmals um Entschuldigung und überhäufte sie mit Liebe und Dankbarkeit. Kaum eine Woche verging, ohne dass er ihr nicht ein Geschenk oder wenigstens Blumen gekauft hätte – und am zweiten Sonntag im November, am zweiten Jahrestag ihrer Beziehung, überreichte er ihr in aller Förmlichkeit im Restaurant Ponte einen Verlobungsring mit Brillanten und einen Voucher für eine zehntägige China-Reise.

Eine Woche später überreichte mir Norbert in dem neu restaurierten Café Demínka den gleichen Umschlag. In meinem Alter bringt mich kaum noch etwas durcheinander – aber in dem Moment konnte ich beim besten Willen mein Gesicht nicht beherrschen. Ich war sprachlos und gerührt.

»Hast du nicht erzählt, dass du gerne ferne Länder magst?«, Norbert weidete sich an meiner Überraschung. »Nimm es als zusätzliche Belohnung. Trinken wir ein Glas?«

Selbstbewusst nahm er an, dass ich fahren würde; den Gedanken, ich könnte sein Geschenk nicht annehmen, ließ er gar nicht zu. Auf eine bestimmte Art war das sehr suggestiv – ich war von seinem Willen und seiner Entschlossenheit gefangen. Langsam begriff ich, wie er im Laufe von zwölf Jahren elf Bücher fertigschreiben konnte.

»Und wie sieht es mit deinem guten Vorsatz aus, nie wieder Eifersucht zuzulassen?«, fragte ich.

»Dir kann ich es ja erzählen, Denis«, sagte er. »Die traurige Wahrheit ist, dass mir meine eigene Großzügigkeit Angst einjagt.«

Ich wartete.

»Die gleiche Reise hat nämlich auch dieser Pavel gebucht.«

Er sah mich kurz an.

»Irgendwann wird sie mich in die Klapsmühle treiben!«

»Warum gibst du dann das Ticket mir? Warum fährst du nicht einfach mit?«

»Keine Zeit. Wirklich. Ich muss diesen Roman zu Ende schreiben. Am 31. Januar ist der Abgabetermin.«

»Diesen Roman über den Privatdetektiv?«

Er nickte und bat die Kellnerin um die Weinkarte.

»Außerdem bin ich schon mal in China gewesen. Vor zwei Jahren. Klára war ganz neidisch.«

»Ach so.«

Vergeblich zermarterte ich mir den Kopf auf der Suche nach einem plausiblen Grund für eine Ablehnung. Erneut machte ich den Umschlag auf. Das Flugticket lag in einer Mappe mit dem Logo eines bekannten Reisebüros.

»Ist das eine *Gruppenreise*? Da kann ich doch auf keinen Fall incognito hin.«

»Das macht nichts. Es geht doch nicht um eine *Beschattung*.«

»Bei einer Reise kann man einem persönlichen Kontakt kaum aus dem Weg gehen. Sie kann mich außerdem bei deiner Lesung gesehen haben.«

»Ich würde bezweifeln, dass sie dich bemerkt hat«, sagte Norbert. »Und solltest du den gesellschaftlichen Umgang mit ihr nicht vermeiden können, fällt dir sicherlich etwas ein, was du ihr vorschwindeln kannst.«

»Bestimmt.«

Auch wenn mir nachträglich Tausende von gesundheitlichen oder familiären Gründen gegen die Reise einfallen sollten, war es jetzt schon zu spät. Ich sah aus dem Fenster in die Žitná hinaus: Alle drei weiß getünchten Pfeiler auf der Fahrbahn zeigten nach unten.

»Du könntest ihr zum Beispiel erzählen, dass du Psychologe bist. Das würde sogar stimmen.«

»Und sie plappert sofort aus, dass sie mit einem *eifersüchtigen Monster* lebt.«

Meinen schwachen Einwand ließ Norbert nicht gelten.

»Unsinn.«

Die Ampel auf der Kreuzung sprang auf Rot und die dreispurige Straße leerte sich für einen Moment. Ein ungleiches Paar betrat den Zebrastreifen: Er trug Sportschuhe und eine ausgeleierte Sportjacke, sie Stiefeletten und einen langen Ledermantel. Sie hielten sich an der Hand. Ob sie ihm treu war?, überlegte ich.

»Du musst nur ab und an ein Auge auf sie werfen«, sagte Norbert. »Um meine Seelenruhe zu wahren.«

»Deine Seelenruhe? Das ist doch unmöglich.«

»Quatsch«, erklärte er resolut. »Du wirst sehen, das Ganze wird ein *echtes Leckerli.*«

Nachdem er gegangen war, bestellte ich einen doppelten irischen Whiskey mit Eis und rief Klára an. Wo immer sie auch stecken mochte, so schnell war Norbert nie und nimmer.

»Ich bin es.«

Sie erkannte mich an meiner Stimme.

»Guten Tag«, sagte sie reserviert.

»Können Sie sprechen?«

»Ja.«

»Wir haben ein Problem«, fiel ich gleich mit der Tür ins Haus und erzählte ihr von meinem Treffen mit Norbert. Sie hörte aufmerksam zu.

»Der bringt mich noch in die Klapse!«, rief sie mürrisch.

»Vorhin hat er fast dasselbe über Sie gesagt.«

Schweigend dachten wir nach.

»Wir sollten uns wohl treffen, oder?«, sagte sie.

»Wahrscheinlich schon.«

Wir einigten uns auf Ort und Zeit.

»Und noch was«, fiel mir ein. »Löschen Sie unbedingt dieses Gespräch von Ihrem Handy!«

20.

Zum Flughafen brachte mich Ruth zusammen mit Zdeněk. Seine Anwesenheit überraschte mich ein wenig. Das entging Ruth nicht.

»Ist was?«, drehte sie sich vom Lenkrad zu mir.

»Nichts. In Gegenwart von Männern mit einem Riesenpenis fühle ich mich immer etwas beklommen«, erklärte ich halblaut.

Erschrocken versuchte sie mir die Hand auf den Mund zu legen.

»Was hat er eben gesagt?«, interessierte sich Zdeněk von der Rückbank aus höflich. Er schien es auch wirklich wissen zu wollen, zumindest beugte er sich engagiert nach vorne zu uns. Er roch schwach nach einem angenehmen Herrenduft und hatte diese sauberen, nach Seife duftenden Ärztehände. Der *Back-seat-driver* meines momentanen Lebens, dachte ich.

»Er beschwert sich, dass sie in Helsinki zweimal übernachten müssen – am ersten und am letzten Tag«, antwortete Ruth.

»Und gestern waren dort drei Grad unter null«, maulte ich.

»Du musst ja bei dem Wetter keine Sightseeingtour machen«, neckte mich Ruth. »Guck doch mal bei McDonalds rein. Dort ist es immer schön warm.«

Ich erwiderte etwas, musste mich zu dem leichten Ton aber regelrecht zwingen – und das nicht nur wegen Zdeněk. Noch vor ein paar Tagen hatte ich mich auf diese exotische Reise (und sogar auf meine pikante Rolle als *Doppelagent*) ziemlich gefreut, aber als ich auf dem Flughafenparkplatz mit einem weltmännischen Lächeln auf den Lippen aus dem Auto meiner fabelhaften Frau stieg, wurde ich von der gleichen Traurigkeit und nervösen Unruhe überfallen, die sich seit meiner Kindheit jedes Mal einstellte, wenn ich ins Ferienlager fuhr. Das konnte ich keinem erzählen. Hätte Ruth mich aber direkt gefragt, hätte ich glatt zugegeben, dass ich am liebsten zu Hause geblieben wäre. Die hydraulische Tür der Abflughalle ging auf. Um Gottes willen, schimpfte ich mich aus, wenn dich schon eine zehntägige Trennung von deiner Frau aus der Fassung bringt, was machst du erst auf dem Sterbebett?

Wir betraten die Halle und Ruth suchte auf dem Bildschirm die Nummer meines Schalters. Unauffällig sah ich mich nach Norbert und Klára um. Sie waren anscheinend noch nicht da. All die vor Selbstbewusstsein strotzenden Businessmänner mit Schlips, die vor dem Abfertigungsschalter Schlange standen, irritierten mich. Bald schweben sie in einem tonnenschweren, sechzig Meter langen Stahlkoloss zehn Kilometer über der Erde, aber sie blättern seelenruhig weiter in ihrer Sportbeilage. Ihre demonstrativ lässige Haltung bestätigte in meinen Augen nur ihre Dummheit.

»Jeder, den die Tatsache, dass ein Mensch *fliegen* kann, nicht mehr zum Staunen bringt, ist ein echter Idiot«, sagte ich laut.

Zwei vor mir stehende Herren drehten sich fragend um; ich lächelte sie herausfordernd an.

»Nervös?«, fragte Ruth.

Ich hörte auf, den abgeklärten Zivilisationskritiker zu spielen und schloss sie in die Arme. Zdeněk trat diskret einen Schritt zur Seite.

»Ich liebe dich.«

»Ich dich auch. Komm heil wieder zurück.«

»Ich brauch einen Schnaps.«

»Wir müssen los …«

»Was? Du hast nicht vor, dich an der Passkontrolle heulend vor meine Füße zu werfen?«

Zdeněk lächelte höflich.

Du kannst mich mal, dachte ich.

»Wir müssen zur Arbeit«, klärte mich Ruth auf.

Sie küsste mich, Zdeněk nickte mir zu – und schon war ich der Welt auf Gnade und Ungnade ausgeliefert.

Von der Meeting Point Bar aus rief ich Nina in der Kanzlei an.

»Du klingst traurig«, sagte sie.

»Das kommt dir nicht nur so vor. Darf ich dich etwas fragen? Etwas Persönliches?«

»Ja«, sagte sie verwirrt.

»Hast du mich lieb?«

Mein bettelnder Ton stieß mir auf, aber an dem Tag konnte ich mich nicht beherrschen.

»Du rufst in der Kanzlei an, ist dir das klar?«

»Antworte bitte. Tu als ob Sandra nicht da wäre ...«

Sie zögerte.

»Dein Zögern hat dich verraten«, sagte ich.

»Ja. Ich hab dich lieb, Denis.«

»Leise!« Ich wurde panisch. »Ist Stoffel da?«

Sie seufzte.

»Hier ist keiner. Er ist zusammen mit Sandra mittagessen.«

»Dann sag es noch einmal. Bitte.«

»Einmal reicht. Es ist alles total ... kompliziert.«

In dem Moment sah ich die beiden: Norbert zog Kláras Trolley hinter sich her, mit der anderen Hand fasste er sie um die Taille. Sie drehte ihr Gesicht – vielleicht mit Absicht – zur Seite, aber Norbert bemerkte mich und nickte mir leichtsinnig zu. Zwei vorbeigehende Frauen, wahrscheinlich Mutter und Tochter, erkannten ihn und drehten sich um. Ich grüßte mit erhobenem linken Daumen zurück. Er konnte sich ein Lächeln nicht verkneifen. Als Geheimagent wäre er kaum zu gebrauchen.

In dieser Hinsicht war Klára viel begabter: Unser konspiratives Treffen vor der Abreise verlief fast perfekt.

Gleich zu Beginn überraschte sie mich angenehm. Sie entschuldigte sich für ihren hysterischen Auftritt in der Pension und schwor (ohne dass ich darum gebeten hätte), dass Pavel die gleiche China-Reise ohne ihr Wissen gebucht hätte, weil er seit Jahren platonisch in sie verliebt sei.

»Platonisch? Heißt das, dass Sie seine Gefühle nicht erwidern?«

»Richtig. Ich steh nicht auf kleine Jungs – das sollte Ihnen doch aufgefallen sein.«

Ich öffnete meine Aktentasche und suchte das zerrissene Foto vom Café Dahab, das ich damals aus Stoffels Kollektion herausgenommen hatte.

»Soll das hier also kein verliebter Ausdruck sein?«

»Nein, auf keinen Fall!«

Zum ersten Mal sah ich sie richtig lachen. Ein Lächeln verändert manche Menschen unglaublich.

»Dann will ich nicht mal versuchen, mir vorzustellen, wie Sie aussehen, wenn sie *wirklich* verliebt sind.«

»Wie die Gottesanbeterin – die ihre Männchen nach der Begattung frisst.«

Die Geräusche, die Nina und ich aus dem Nebenzimmer gehört hatten, fielen mir wieder ein.

»Warum bitten Sie Pavel nicht, die Reise zu stornieren?«, fragte ich.

»Schon gemacht.«

»Und was hat er gesagt?«

»Er bleibt zu Hause«, sie drehte gleichgültig die Handflächen nach oben.

Herzlos wie Schneewittchens Stiefmutter, hätte Stoffel gesagt.

21.

Ich ging durch die Passkontrolle in den Transitraum. In einer Bar genehmigte ich mir einen zweiten Whiskey, erstand eine Zeitung und begab mich auf die Suche nach meinem *Gate*. Klára war schon da, sie fiel mir inmitten der hellhaarigen Finnen sofort auf, die in dem unwirtlichen Wartesaal die Mehrheit bildeten. Sie hatte eine blaue Jeans und einen braunen Pullover an. Etwas zögerlich hob sie die Hand. Schnell blickte ich mich um, aber durch die riesige Glasfront konnte man nur den hellen Beton der Landefläche sehen. Ich ging zu ihr und sie nahm gut erzogen ihre Reisetasche vom Nebensitz, damit ich mich hinsetzen konnte.

»Endlich allein«, sagte ich.

Sie kniff die Augen zusammen und blinzelte argwöhnisch; mit dem Finger deutete sie auf das Bordticket, das aus meiner Brusttasche hervorlugte.

»Wo sitzen Sie?«

»Sieben C.«

»Ich sitze gleich eine Reihe hinter Ihnen.«

»Müssen Sie sich oft übergeben?«, interessierte ich mich. »Ich meine im Flugzeug?«

Sie verzog lediglich das Gesicht.

»Na ja, ist schon in Ordnung«, sagte sie nach einer Pause. »Ich hatte Angst, dass ich Pechmarie ausgerechnet einen Platz neben Ihnen bekomme.«

Diesmal schwieg ich. Stille störte mich nicht, im Gegenteil.

»Aber eines würde ich doch gerne wissen: Wie stellen Sie sich unseren Ausflug vor?«

Ich zuckte die Schultern.

»Wollen Sie die ganze Zeit hinter mir herlaufen wie ein Schoßhündchen?«

Finster sah ich sie an.

»Wie Sie womöglich schon von Norbert wissen«, sagte ich gedehnt, »die wichtigste Voraussetzung für eine Metapher ist, dass sie gut *passt*. Mein Gott, ich bin fünfzig. Könnten Sie sich vielleicht etwas Passenderes ausdenken ...«

»Ich denk mal darüber nach«, lächelte sie. »Aber Metaphern beiseite: Sie sind mir eine Antwort schuldig.«

»Wir lassen den Dingen freien Lauf.«

»Wollen Sie ein Video drehen?«

»Nur wenn es einen Grund gibt.«

»Zum Beispiel?«

»Zum Beispiel wenn Sie sich mit einem Mandarin gehen lassen.«

Sie zog ihre hübschen Mundwinkel herunter.

»Wissen Sie überhaupt, was das Wort bedeutet? Das ist ja sozusagen die *Voraussetzung* für die Benutzung von Fremdwörtern.«

»So etwas wie ein Beamter?«

Sollte mein Wissen sie beeindruckt haben, ließ sie es sich nicht anmerken.

»Das Wort Mandarin kommt aus dem Portugiesischen. Es ist der Ausdruck für das chinesische *Kuan*, die Bezeichnung für Gelehrte, es ist also nicht unbedingt nur an den Beamtenstatus gebunden«, dozierte sie.

»Gut vorbereitet.«

»Die Hierarchie der Mandarine war sehr kompliziert.

Sie ist bereits zur Zeit der Tang-Dynastie entstanden. Es gab insgesamt neun Stufen ...«

Sie hätte gerne noch weiter erzählt, aber zum Glück wurde da unser Flug aufgerufen.

Die finnische Fluggesellschaft zeigte sich des ihr vorauseilenden Rufes mehr als würdig: An Bord floss vom Start bis zur Landung Alkohol in Strömen. Als Aperitif bestellte ich einen Campari Soda und zum Essen einen Bourgogne Barrique Réserve.

»Und nach dem Essen?«, fragte eine ältere Stewardess mit Sommersprossen.

Zunächst verstand ich nicht, was sie meinte. Das lag aber nicht an meinem Englisch.

»Digestif«, erklärte sie lächelnd. »Welchen Digestif möchten Sie nach dem Essen?«

»Einen französischen Cognac«, sagte ich. »Very Superior Old Pale.«

Ich meinte das als Witz, aber bevor ich mich versah, war er schon eingeschenkt: ein Sieben-Sterne-Martel. Vor mir auf dem Plastiktisch standen drei verschiedene Gläser.

»I love Finnair«, gestand ich aufrichtig.

Eine Reihe hinter mir hörte ich Klára lachen.

»Everybody loves Finnair«, sagte die Stewardess wissend.

Als Hauptgericht gab es warmes Roastbeef mit Gemüsebeilage und Bratkartoffeln. Ich trank meinen Wein aus und wärmte das Cognacglas zwischen den Handflächen. Meine Stimmung besserte sich langsam. Aus der Tasche am Sitz vor mir holte ich das Handbuch des Flugreisenden.

»Relax, take a deep breath and think of something beautiful ... such as flowers, stars or silence«, las ich.

Der verzehrte Alkohol gab diesem trivialen Satz eine

neue wunderbare Bedeutung. Auf meiner Wange fühlte ich Kláras Atem – auch sie hatte etwas getrunken.

»Rentouttavaa lentomatkaa!«, teilte sie mir mit.

Sie hielt dieselbe Broschüre in der Hand.

»Sind Sie sicher?«, sagte ich.

»Angenehmen Flug. Das bedeuetet ›Einen angenehmen Flug!‹«

»Gleichfalls.«

»Ich bin Ihnen nicht mehr böse«, sagte sie nach einer Weile. »Ist Ihnen das aufgefallen? Haben Sie schon *herausbekommen*, dass ich Ihnen gar nicht mehr böse bin?«

»Das macht der Alkoholkonsum«, klärte ich sie auf. »Dadurch kommt Ihnen die Fähigkeit abhanden, die Welt in realen Proportionen zu sehen. Ich bin immer noch die menschliche Hyäne. Ein Voyeur des Lebens.«

Beleidigt zog sie sich zurück.

»Hab mich versöhnen wollen«, murmelte sie. »Versteh nicht, warum Sie so unausstehlich sein müssen.«

Ich holte ein angelesenes Buch aus meiner Aktentasche und versuchte zu lesen. Die Stewardess marschierte im Gang auf und ab und hielt die Flasche in der Hand – wie die meisten Finnen ließ ich mir das Glas jedes Mal nachfüllen.

»Finden Sie nicht, dass Sie zu viel trinken?«, meldete sich Klára erneut.

Diesmal stand sie auf und baute sich vor mir auf. Den Pullover hatte sie mittlerweile ausgezogen; zwischen ihrer Jeans und dem unteren Rand ihres T-Shirts zeigte sie gut zwanzig Zentimeter nackten Bauch. Nicht nur ihre Hüftknochen waren gut sichtbar, sondern auch die weiße Spitzenunterhose. Die anderen Fluggäste sahen interessiert zu.

»Die hübsche Blondine war Ihre, oder?«, fragte sie ohne Umschweife.

Sie war stärker betrunken, als ich dachte.

»Meine Mitarbeiterin.«

»Keine Geliebte?«

»Natürlich auch Geliebte. Sie wissen ja, wie das läuft ...«

»Das habe ich mir gedacht. Ich verstehe allerdings nicht, was sie an jemandem in Ihrem Alter findet.«

»Jeder hat so seine Macken: Sie zum Beispiel steht total auf Inkontinenzwindeln.«

»Igittigitt!«, rümpfte Klára ihre hübsche Nase und begab sich auf die Toilette. Ein paar blonde Männergeschöpfe lugten in den Gang hinein und sahen ihr nach. Ich setzte meine Lektüre fort, und vielleicht um mir selbst zu beweisen, dass ich mich wunderbar konzentrieren konnte, machte ich mir ein paar Notizen. »Das Geheimnis verdichtete sich. Etwa zehn Minuten lang bleibe ich bei Edie Lovell stehen, und als wir das Gespräch beenden, uns die Hände schütteln und auseinandergehen, kommt es mir so vor, als ob ich überhaupt nicht mehr imstande wäre, zu beschreiben, was um mich herum geschieht.«

Mit fünfzig schreibe ich mir Zitate aus Büchern heraus, schoss mir durch den Kopf – bald bin ich wie die achtzigjährigen Damen, die sich für Französisch für Anfänger einschreiben. Als ich das Zitat in Helsinki las, konnte ich überhaupt nicht verstehen, was mir im Flugzeug an ihm so gut gefallen hatte. Ich nahm mir vor, weniger zu trinken.

Wir landeten um fünfzehn Uhr zwanzig Ortszeit. Ich schaffte es gerade noch, eine SMS an Ruth und an Nina zu schicken und mein Gepäck abzuholen, da wurde es draußen schon langsam dunkel. Das Thermometer vor der Flughafenhalle zeigte die angekündigten drei Grad unter null – das nahm ich mit einer Art perversen Genugtuung zur Kenntnis. Bevor unsere kleine Reisegruppe, die aus etwa zwanzig Teilnehmern bestand (meistens gut erhaltene

Rentnerpaare), von einem Minibus abgeholt wurde, froren wir auf dem menschenleeren Busbahnsteig unter einer Nokia-Werbung alle ordentlich durch. Klára hielt ihren Jackenkragen so fest um den Hals, als wollte sie sich erwürgen. Der junge Reiseleiter und ein paar andere Mitreisende rissen einen Witz nach dem anderen und alberten herum, ich lächelte bloß höflich und hielt mich abseits. Sobald meine tüchtige Leber den letzten Rest vom Alkohol verbrannt hatte, meldete sich meine vorherige Niedergeschlagenheit zurück. Ich dachte an Ruth und an Nina. Was um Gottes willen habe ich in Helsinki verloren? Während ich gemeinsam mit den anderen wie ein Kasper im eisigen Wind herumhüpfte, ging mir diese Frage immer wieder durch den Kopf. An der Bordsteinkante lag eine steif gefrorene Zeitschrift. *Meikki vai ei? – Kuka tahtoo matkalle? – Luottokortti hukkateillä?*, fragten die Überschriften.

Mir wollten nicht nur keine Antworten einfallen, ich wusste nicht einmal, wie die Fragen lauteten.

22.

Das Bonus Inn Hotel lag etwa drei Kilometer vom Flughafen entfernt in einer düsteren, fast menschenleeren Vorstadt von Helsinki. In seiner nächsten Umgebung befanden sich zwei, drei ähnliche Hotels, ein paar große, nicht eindeutig einzuordnende Hochhäuser, ein Supermarkt mit einem halb leeren Parkplatz und dann nur noch brachliegende, mit Unkraut bewachsene Parzellen und Strommasten mit roten Plastikkugeln auf der Leitung. Das Hotel selbst sah wie ein angebohrter Zahn aus: Die Stockwerke mit den Zimmern waren im Halbkreis angeordnet, innen drin gab es ein Loch, an dessen Grund sich die Rezeption und das Restaurant befanden. Die Innentemperatur betrug gerade mal achtzehn Grad: Warm war einem nicht richtig, aber für eine Beschwerde reichte es auch nicht. Jedes Mal, wenn sich die hydraulisch betriebene Eingangstür öffnete, wehte eine Brise eisiger Luft über den blauen Kachelfußboden herein. Es war wie eine kurze Aufwallung von Schmerz, die zwar nach einer Weile verklingt, aber nicht ganz verschwindet; das Gefühl von Kälte blieb. Ein kleines Aquarium und ein paar künstliche Fichten (der Baumstamm war echt, die Nadeln aus Plastik) trugen in diesem riesigen kühlen Raum nicht wirklich zur Gemütlichkeit bei.

Klára und ich hatten als Einzige der gesamten Reisegruppe jeweils ein Einzelzimmer; wahrscheinlich wurden wir an der Rezeption deswegen schneller abgefertigt. Ich half ihr mit ihrem Trolley in den verglasten Aufzug, der mehrere Sekunden brauchte, bis er losfuhr. Die dabei entstandene Stille war besonders unangenehm.

»Gehen Sie auch in die Stadt?«, fragte ich (einige aus unserer Reisegruppe hatten trotz der Kälte vor, sich auf den langen Marsch ins Zentrum der Metropole zu begeben).

»Nicht mal aus Versehen. Ich geh schlafen.«

»Früher oder später wird einer von uns mit Norbert telefonieren«, sagte ich. »Daher sollten wir unsere Versionen anpassen. Sollte er fragen, dann haben wir noch nicht miteinander gesprochen. Einverstanden?«

»Okay.«

Im vierten Stock stieg ich aus (Kláras Zimmer befand sich in der fünften Etage).

»Gute Nacht«, wünschte ich ihr.

Bevor sie sich überlegte, was sie antworten könnte, war die Aluminiumtür schon wieder zu.

Die wärmste Stelle in meinem Minizimmer war das Bad. Die ersten zwanzig Minuten verbrachte ich auf der Kloschüssel und dachte über Selbstmord nach (jetzt übertreibe ich natürlich). Dann zog ich mich aus, legte mich ins kalte Bett und zwang mich beinahe mit Gewalt zu lesen. Das hielt ich etwa anderthalb Stunden durch. Allerdings legte ich immer wieder das Buch zur Seite und starrte auf die Flugzeuglichter am nächtlichen Himmel. (»Die einzige Liebe, die bleibt, ist eine Liebe, die sich mit allem abgefunden hat: mit jeder Enttäuschung, mit jeder Schlappe und mit jedem Verrat, sogar noch mit der traurigen Wahrheit, dass keine Sehnsucht so groß ist wie die, nicht allein zu sein.«)

Um sieben Uhr wollte ich Ruth anrufen, aber ihr Telefon war ausgestellt. In Prag war es sechs Uhr abends – vergeblich rätselte ich darüber, wo sie stecken konnte. Bei Nina sprang nur der Anrufbeantworter an. Ich zog mich schnell an, und um mich ein wenig aufzuwärmen, rannte ich die Treppe hinunter. Das Restaurant war komplett leer, nicht einmal ein Kellner war zu sehen. Alle waren irgendwo anders. Das Leben war anderswo – überall sonst, nur nicht im Bonus Inn Hotel. Ich setzte mich in der Lobby an einen der blauen Ovaltische. Das einzige Lebenszeichen weit und breit war ein laufender Fernseher. In der soeben ausgestrahlten Quizsendung wurden die Antworten entweder von einem Gong (richtig) oder von einer höhnisch meckernden Autohupe (falsch) begleitet.

»Was wollen Sie?«, rief mir die Frau an der Rezeption zu, ihr Gesicht strotzte nur so vor Langeweile und Akne.

Sie war jung, hässlich und bemüht selbstbewusst. Offensichtlich hatte sie vor, sich zeitweise in eine Kellnerin zu verwandeln. Fichten, Kellnerinnen, Selbstbewusstsein – hier war nichts echt. Ich bat um eine Speisekarte und wir begaben uns in einen kurzen und gehässigen Wettkampf in der Disziplin Englisch Mittelstufe. Wir hatten nur eines gemeinsam: Jeder von uns hielt den anderen für einen absoluten Idioten. Bei der Bestellung konnte ich es mir nicht verkneifen und korrigierte einen ihrer Grammatikfehler, indem ich meckernd die Autohupe aus dem Fernsehen nachmachte. Dadurch wurde ihre Aversion gegen mich noch größer. Was mach ich bloß, erschrak ich, warum lasse ich die Pickelschönheit nicht einfach in Ruhe? Aber ich hatte mich nicht mehr unter Kontrolle. Ich hätte mich nur ein wenig anstrengen müssen und im Handumdrehen hätte ich mich in einen einigermaßen amüsanten und netten Typen verwandeln können, unser anfänglicher Zweikampf wäre dann entweder vergessen oder zumindest unter »bloßes Missverständniss« verbucht worden. Aber nicht einmal diese minimale Energie konnte ich aufbringen. Ich konnte nur noch sagen: »One more wine, please.« Nicht einmal lächeln konnte ich dabei, meine Wangen schienen von innen an die Backenzähne festgewachsen zu sein.

Gegen meinen Willen zog der Fernseher immer wieder meinen Blick auf sich. Die furchtbare Quizsendung war zwar zum Glück vorbei, nach der Werbepause aber kam die Direktübertragung eines Popkonzerts. Das Publikum bestand zu etwa neunzig Prozent aus jungen Mädchen, die mit der Band zusammen sangen. Unglaubliches Volk, dachte ich, lauter völlig unverständliche Wörter und die können sie auswendig … Was die Finnen wohl von uns halten?

Plötzlich setzte sich der bisher im Erdgeschoss stehende Aufzug in Bewegung. Durch den verglasten Tubus fuhr er nach oben. Eine kleine, aber willkommene Veränderung. Im fünften Stock hielt er an. Auf einmal wurde ich ganz wach. Sie stieg ein und ich sah zu, wie sie langsam zu mir herunterschwebte. Sie hatte nur ihren braunen Pulli an, eine Jacke hatte sie nicht dabei.

Ich freute mich mehr, als ich hätte zugeben wollen.

Sie setzte sich ohne Aufforderung neben mich.

»Können Sie nicht schlafen?«, fragte ich.

Keine Antwort. Im Fernsehen startete der nächste Werbeblock.

»Noch eine einzige Colgate-Werbung in dieser furchtbaren Sprache«, presste ich zwischen den Zähnen hervor, »und ich gründe einen Klub der tschechisch-finnischen Feindschaft.«

Endlich machte sie den Mund auf: »Ich hätte gerne auch einen Wein.«

»Excuse me«, rief ich der Empfangsdame zu, »can we, please, have two more wines?«

Die Finnin schüttelte angewidert den Kopf, stand aber dann doch auf. Ich beschrieb mit der Hand einen Kreis, der all die leeren blauen Tische und die falschen Tannenbäume einbezog wie auch das sauer dreinblickende Personal an der Rezeption und den laufenden Fernseher.

»Wie schnell man zum Patrioten wird: nicht aus Liebe, sondern aus Verzweiflung.«

Sie sah mich aufmerksam an.

»Wie ein Bulle reden Sie nicht gerade.«

»Da haben Sie wohl recht«, gab ich zu. »Norbert behauptet sogar, dass es Bullen wie mich in Wirklichkeit gar nicht gibt.«

»Hm. Warum gefällt es Ihnen in Tschechien besser?«

»Auf jeden Fall ist es dort wärmer und man spricht kein Finnisch.«

»Hm.«

»Hat er schon angerufen?«

»Ja.«

Ich wartete. Sie zupfte an ihrem BH-Träger herum.

»Warum haben Sie das gemacht?«, fragte sie plötzlich. »Sie haben gesagt, dass Sie so etwas noch nie gemacht haben. Warum dann ausgerechnet bei ihm?«

Das Schönste an der Jugend ist die Fähigkeit, die wesentlichen Fragen zu stellen.

»Nur weil er berühmt ist?«

Die Frau von der Rezeption brachte den Wein. Als sie die Gläser auf den Tisch stellte, verschüttete sie eines kaum merklich. Beim nächsten Mal fängt sie wohl an zu heulen, dachte ich, und zwang mich dazu, sie nett anzulächeln. Aber das kam natürlich zu spät. Dem Blick nach zu urteilen, den sie mir zuwarf, hätte ich eher prüfen sollen, ob der Wein vergiftet war.

»Nur weil er berühmt ist, braucht er doch keine spezielle Behandlung, oder?«, wiederholte Klára.

»Ich gebe zu, dass Norberts Popularität bei meiner Entscheidung schon eine gewisse Rolle gespielt hat. Aber das Ganze lässt sich nicht so einfach erklären.«

»Also warum?«

Erneut wurde mir klar, dass man mit Worten nicht immer alles beschreiben kann.

»Leben Sie mit ihm nur wegen seiner Popularität?«, fuhr ich fort.

Sie dachte nach.

»Sie sind nicht schwul, oder?«

»Nein«, lachte ich. »Soll ich es Ihnen beweisen?«

»Ich glaub Ihnen schon.«

Auf der Bühne tauchte eine neue Sängerin auf und das Publikum jubelte ihr begeistert zu; über den Bildschirm lief in kleiner Schrift: *Maija Vilkkumaa*. Das Lied hieß *Kristallitiara*.

»Kennen Sie die?«, zeigte ich auf den Fernseher.

»Nein.«

Schweigend tranken wir den Wein.

»Wie ist es – mit einem bekannten Schrifsteller zu leben?«, fragte ich.

»Wie ein Traum, der nie zu Ende geht.«

»Ich meinte das ernst.«

»Wissen Sie, was mal jemand gesagt hat? Simone de Beauvoir war das, glaube ich: ›Man heiratet einen Dichter und wenn man dann seine Frau ist, stellt man als Erstes fest, dass er vergisst, auf dem Klo die Wasserspülung zu betätigen.‹«

»Ich hätte nie gedacht, dass es so schlimm ist.«

»Am Anfang fand ich es natürlich beeindruckend. Wie die meisten. Ruhm ist sexy, das stimmt schon. Auf der Straße halten ihn Menschen auf. Will er sich Aspirin kaufen, muss er vier von fünf Apothekerinnen ein Autogramm geben. Begleitet man ihn irgendwohin, wird man auch fotografiert. Zunächst macht es auch Spaß. Es tut gut, zusammen mit ihm ein überfülltes Café zu betreten.«

Sie stockte.

»Aber dann wird es normal«, sagte ich.

»Dann wird es zum Alltag, ja. Schließlich zum Verdruss. Es macht müde und es ist lästig. All die tausendfach wiederholten witzigen Sprüche, all die bekannten Gesten, immer das gleiche Lächeln ... Man versucht es zu ignorieren, aber es geht nicht. Es gibt Mädels, die haben sich in den Kopf gesetzt, unbedingt in seinem Bett zu landen. Zwanzigmal am Tag klingelt das Telefon und man kriegt die Gespräche auch noch mit. Oder man kommt nachts in seinem Arbeitszimmer vorbei und ertappt ihn dabei, wie er lächelnd sein Interview für die Zeitschrift *Ein Moment für dich* autorisiert ... Und so weiter und so fort.«

Ich nickte.

»Am Ende sehnt man sich danach, einen ganz normalen Typen kennenzulernen. Der gescheit ist, aber sonst ganz normal.«

Etwas fiel ihr ein. Sie lachte.

»Haben Sie uns gehört? Damals in der Pension?«

»Ja, haben wir.«

Sie sah mir in die Augen.

»Hat es Sie aufgegeilt?«

»Ja.«

»Haben Sie es auch gemacht – mit der Blondine?«

»Ja.«

»Sind Sie verheiratet?«

»Ja.«

»Wenigstens sind Sie aufrichtig. Vielleicht werden wir uns verstehen.«

Das Verhör war zu Ende. Sie trank ihr Glas aus und stand auf.

»Ich geh ins Bett. Zweiter Versuch«, teilte sie mir mit.

Beim Weggehen drehte sie sich noch einmal um.

»Sie laden mich ein, ja? Norbert wird Ihnen bestimmt die Kosten ersetzen.«

23.

Der Finnair-Flug AY 0051 von Helsinki nach Peking dauerte ein paar Stunden länger, an Bord gab es mehr Chinesen und weniger Alkohol. Ich schlief, las eine Weile, aber meine Gedanken drehten sich immer wieder um Klára und Norbert. Außerdem musste ich an Ruth denken. Vor dem Abflug aus Helsinki hatte ich bei ihr angerufen und sie erzählte, dass sie mit Zdeněk im Zoologischen Garten war.

Das berührte mich unangenehm. Vor langer Zeit hatten wir dort unsere erste echte Verabredung.

»Hör mal, im Bett könnt ihr machen, was ihr wollt, aber geht nie wieder in den Zoo«, bat ich sie.

Zunächst verstand sie es als eine scherzhafte Bemerkung, aber dann begriff sie, dass ich es ernst meinte.

»Was ist denn in dich gefahren?«, wunderte sie sich.

»Nichts, der Zoo war bloß nicht abgesprochen.«

Als wir uns verabschiedeten, klang sie leicht verstimmt. Danach hatte ich noch Nina zu erwischen versucht, aber sie war zur Abwechslung *vorübergehend nicht erreichbar*. Nach einer Weile versuchte ich es noch einmal. Das gleiche Ergebnis. Dann wurde unser Flug ausgerufen und ich musste das Handy ausmachen.

Mit einer Geschwindigkeit von neunhundert Sachen die Stunde raste ich nun Peking entgegen – aber warum eigentlich? Klára saß diesmal fünf Reihen vor mir; ich sah nur ihr halbes Profil, aber jedes Mal, wenn sie auf die Toilette musste, lächelte sie mich an. Sie ist zwanzig, verdammt, sagte ich mir immer wieder. Jünger als Stoffel. Zum ersten Mal nach langer Zeit überfiel mich wieder das beunruhigende Gefühl, dass ich mein Leben vielleicht doch nicht ganz fest im Griff hatte.

Mein längst vergessen geglaubtes Ich meldete sich zu Wort.

Nach dem Essen setzte ich mir Kopfhörer auf und stellte *Popmusic* auf Kanal 10 ein. »I wonder where you are / and I wonder what you do / are you somewhere feeling lonely / or is someone loving you?«, sang mir Lionel Richie ins Ohr und es klang wie eine ironische Anmerkung zu meinen vorherigen Gedanken. Obwohl ich an solches Zeug gar nicht glaube, fragte ich mich sogar, ob es nicht eine Art *Zeichen* war. »Hello, is it me you're looking for?«

In Peking regnete es. Sobald das Flugzeug die Landefläche berührte, trommelten dicke Regentropfen gegen die Glasscheiben. Während wir noch über die Runway rollten, stellte ich mein Handy wieder an und schrieb jeweils eine SMS an Ruth und Nina. Als die Motoren definitiv aus waren, stand ich auf und bot einem Chinesen, der so klein war, dass er an das Gepäckfach nicht herankam, meine Hilfe an. Beim Hinausgehen wurden wir von den Stewardessen mürrisch verabschiedet.

Im Bus, der uns ins Hotel brachte, setzte sich Klára zwar neben mich, aber sie starrte mit fast infantiler Verzückung die ganze Zeit nur auf das bunte Treiben auf den überfüllten Straßen: Überall sah man schier unübersichtliche Schwärme von Radfahrern, nie versiegende Ströme von kleinen japanischen und koreanischen Autos, riesige amerikanische Buicks mit abgedunkelten Seitenfenstern, Straßenverkäufer, die unter den bizarrsten Verschlägen ihre Ware feilboten, Frauen, die einkauften und schnatterten, einen runzeligen Opa mit einem Vogelkäfig unter dem Regenmantel … Klára zückte sofort ihre Kamera und machte sich ans Fotografieren. Mir kam das alles genauso aufregend vor wie ein Reisebericht im Fernsehen. Da beobachtete ich lieber Klára.

»Für den Fall, dass Norbert anruft – haben wir schon miteinander gesprochen?«, fragte ich.

»Nein«, sagte sie, ohne die Augen von dem Geschehen auf der Straße abzuwenden. »Kein Wort.«

»Das ist die einfachere Variante, aber im Laufe der Zeit wird sie unglaubwürdig.«

»Dann lernen wir uns halt im Laufe der Zeit kennen.«

Draußen hatte es etwa fünf Grad. Die feuchte Kälte kroch sofort unter den Mantel, aber die Heizperiode, wie uns unser Reiseleiter mit Bedauern erklärte, hatte noch nicht angefangen. Das Hotelzimmer war auf achtzehn Grad geheizt wie das in Helsinki. Auf einem kleinen Tisch stand eine Thermoskanne mit lauwarmem Wasser, daneben lag ein Jasminteebeutel; die Minibar im Kühlschrank war leer. Zum Glück war wenigstens das Wasser im Badezimmer heiß, also stellte ich mich unter die Dusche. Beim Masturbieren stellte ich mir natürlich Klára vor.

Als ich mich später ankleidete, prüfte ich mich im Spiegel wie ein Maler, der sein Selbstporträt malen will. Unzufrieden nahm ich all die sonst mehr oder minder versteckten Makel zur Kenntnis: den etwas zu fetten Bauch, die käsigen behaarten Beine in den Stoffpantoffeln mit dem Hotellogo, die stumpfe Schwerfälligkeit im Gesicht, das momentan niemandem etwas vortäuschen musste. Und dabei bin auch ich ein Wesen, das Gefühle hat und das sich nach Liebe sehnt!, dachte ich ironisch. Ein paar Sekunden lang sah ich mich quasi von außen und stellte mir die Sympathien und Aversionen vor, die meine physische Erscheinung bei anderen Menschen hervorrufen dürfte. Was verlangst du eigentlich vom Leben? Solltest du nicht statt der ewigen Unzufriedenheit eher Dankbarkeit empfinden?

In dieser Stimmung erwischte mich Norbert.

»Kannst du reden?«

»Ja. Bin im Hotelzimmer.«

»Na, wie geht's denn?«, fragte er mit gespielter Fröhlichkeit.

»Ehrlich gesagt, bis jetzt ist es – wie Stoffel sagen würde – eher *der totale Frust.*«

Ich skizzierte ihm kurz den bisherigen Reiseverlauf, wobei ich vor allem die unangenehme Kälte unterstrich, der ich die ganze Zeit ausgesetzt war. Meine Reisebequemlichkeit schien Norbert allerdings nicht besonders zu interessieren.

»Und Klára?«

»Dieses riesige, uralte, extrem menschenreiche und wunderbar wandelbare Reich hat es ihr – trotz der furchtbaren Kälte – wirklich angetan.«

»Was – was macht sie?«

»Norbert? Du hast bestimmt schon mal einen Touristen gesehen, oder? Sie tut einfach das, was alle Touristen machen. Sie sieht sich alles mit lebhaftem Interesse an, macht Fotos, blättert im Stadtplan und im Reiseführer … Und so weiter.«

»Redet sie mit jemandem?«

»Bis jetzt hält sie sich eher abseits, was man allerdings gut nachvollziehen kann: Die anderen Reiseteilnehmer sind im Durchschnitt etwa zweiundsiebzig Jahre alt, schätzungsweise.«

»Der junge Reiseleiter?«

»Den kannst du ruhig von deiner Liste streichen. Wenn du mal ein Foto von ihm gesehen hast, wirst du schon verstehen, warum.«

Bezeichnenderweise wandte er gegen das Wort *Liste* nichts ein. Hatte das zu bedeuten, dass es in seinem Kopf wirklich eine Liste gab? Erneut dachte ich daran, wie sich alle eifersüchtigen Menschen im Wesentlichen ähnlich sind.

»Und du? Habt ihr schon miteinander gesprochen?«

»Nein. Es hat sich bisher nicht ergeben.«

»Nicht ein einziges Wort?«

»Nicht ein Wort. Für unseren Zweck ist das doch auch nicht nötig, oder?«

»Kann ich dich was fragen?«

»Klar.«

»Weißt du noch, was du gesagt hast, als ich dir ihre Fotos gezeigt habe?«

»Nein«, sagte ich bewusst die Unwahrheit.

»Du hast gesagt: hübscher Mund, grün die Augen.«

»Kann gut sein – ich sage das manchmal so.«

»So ähnlich heißt eine Erzählung von Salinger, kennst du sie?«

»Mag sein. Vielleicht, ich erinnere mich nicht. Würdest du mir freundlicherweise erklären, worauf du hinauswillst?«

»Ich habe sie gestern nochmals gelesen. Sie handelt von Untreue.«

»Ach wirklich?«, fragte ich ironisch. »Ist das nicht irre verdächtig?«

Ich sah mir dabei im Spiegel zu.

»Ein aufgeregter Typ ruft bei seinem Freund an, ob dieser nicht zufällig weiß, wo seine Frau nach einer Party gelandet ist. Die Ehefrau von dem aufgeregten Typen, verstehst du.«

»Ich verstehe. Dieses Gespräch kostet dich ein Vermögen, Norbert.«

»Der Freund versucht den Typen zu beschwichtigen – und dabei liegt die gesuchte Ehefrau die ganze Zeit neben ihm im Bett.«

Er machte eine dramatische Pause.

»Als er auflegt, kommt sich das Liebespaar natürlich *ausgesprochen furchtbar* vor …«

»Norbert«, sagte ich. »Auf *meinem* Bett liegt nur der unausgepackte Koffer.«

Ich griff nach der Bettdecke und warf sie mir über die nackten Schultern.

»Das meine ich nicht, ich verdächtige dich doch nicht.«

»Da mache ich jetzt aber drei Kreuze. Ich hatte schon Angst, dass ich auch auf der Liste stehe.«

»Noch nicht.« Er lachte. »Aber fällt dir wirklich kein Grund ein, warum du das gesagt hast.«

»Das war ganz automatisch. Warum findest du das so wichtig?«

»Weil in dem Moment dein *Unterbewusstsein* gesprochen hat, deswegen. Du hättest auch etwas ganz anderes sagen können, zum Beispiel: ›Sieht ganz nett aus‹ oder ›Echt hübsch‹. Als Replik wäre das sogar viel passender gewesen. Aber nichts dergleichen. Du hast gesagt: hübsch der Mund, grün die Augen.«

»Gut. Und jetzt sage ich: *Psychopharmaka. Psychiater.* Nur das kann dir helfen, Norbert. Das meine ich ernst.«

»Mensch, dass du auch immer gleich ausflippst!« Er lachte wieder. »Das war doch nur Spaß.«

»Der Witz ist mir entgangen.«

»Hab nur deine Loyalität getestet«, kicherte er. »Das machen Chefs doch immer, oder?«

»Ich bin nicht dein Angestellter, Norbert«, sagte ich. »Ich wäre aber gerne dein Freund.«

24.

Das Mittagessen, zu dem wir wieder mit einem Bus gebracht wurden, machte alle vorherigen Unannehmlichkeiten wenigstens teilweise wett. Der Speisesaal sah zwar nicht gerade gemütlich aus, zum Trinken wurde nur gewöhnliches Bier gereicht und unter den durchsichtigen Plastikvorhängen, die sich anstelle einer Tür dort befanden, zog es von draußen kalt herein, aber das Essen selbst wog alles auf. Schon die Exposition deutete ein außerordentliches kulinarisches Erlebnis an: Nach einem Salat aus kleinen Aalen und den wunderbar köstlichen *Dim Sum* (kleine mit Hühner- und Krabbenfleisch gefüllte Dampfknödel) stellten zwei rot gekleidete Serviererinnen eine riesige Schüssel mit heißen Steinen auf den Tisch. Mit schockierender Selbstverständlichkeit und ohne Vorwarnung kippten sie ein ganzes Tablett lebendiger Garnelen hinein. Die tschechischen Rentnerinnen sahen entsetzt aus, einige protestierten sogar, aber den noch kindlichen Gesichtern der Chinesinnen war keine Gefühlsregung, geschweige denn Mitgefühl anzumerken. Klára und ich wechselten einen Blick.

Ob auch sie an Norbert gedacht hatte?, fragte ich mich.

Nach den Garnelen, die unser ständig lächelnder chinesischer Begleiter (angeblich kam er von dem chinesischen Partnerreisebüro, aber ich ging jede Wette ein, dass er in Wirklichkeit ein Geheimpolizist war) zerkaut direkt auf die Plastiktischdecke ausspuckte, folgte Schweinefleisch, dann Sojabohnensalat, süß-saurer Fisch, Salat aus Lotoswurzeln und dann der eindeutige Höhepunkt der Mahlzeit: kleine Stückchen gebratener, in dunkelrote Sauce getunkter Ente, die zusammen mit fein geschnittenen Lauchringen in einen ganz dünnen Pfannkuchenteig gewickelt waren. Kurzum: *echte Leckerli.*

Am Nachmittag stand allerdings die Besichtigung des unangenehm weitläufigen Kaiserpalastes auf dem Programm. Die Energie, die in den zwei Gläschen des fünfundsechzigprozentigen *Maotai* steckte (als Klára an ihrem Glas gerochen hatte, schossen ihr gleich Tränen in die Augen und sie stellte es wortlos vor mich hin), reichte wie erwartet nicht für lange. Nach einem unnötig ausgiebigen Spaziergang über den Tiananmen-Platz betraten wir endlich durch das Mittagstor (mit einem riesigen Porträt von Mao Zedong über dem Hauptportal) die Verbotene Stadt. Beim Anblick all der großräumigen Paläste und Tempel wurde ich intuitiv langsamer. Klára blieb nur die ersten paar Minuten bei mir. Dann begriff sie, dass ich bei der Besichtigung eine zusätzliche Belastung darstellte. Im Vergleich zu mir war sie in permanenter Bewegung. Entweder holte sie gerade die Reisegruppe ein, weil sie sich zu lange den Drachenthron oder die Halle der Berührung von Himmel und Erde angesehen hatte, oder sie eilte wiederum nach vorne. Sie schoss ein Foto nach dem anderen, notierte sich ständig etwas und löcherte den Reiseleiter mit verschiedenen, mir meist unverständlichen Fragen. Weil wir immer wieder stehen blieben, wurde mir kalt und meine Füße taten weh. Obwohl ich die Halle der mittleren Harmonie, das Tor der höchsten Harmonie, die Halle der höchsten Harmonie und die Halle der Wahrung der Harmonie hinter mir hatte, war ich physisch und geistig meilenweit von jeglicher Harmonie entfernt. Es ergriff mich die gleiche apathische Müdigkeit wie bei den Besichtigungen von tschechischen Burgen und Schlössern. Klára kam angerannt und fasste mich am Ellenbogen:

»Sehen Sie das Dach dort rechts?« Sie lachte. »Das ist der Palast *des friedlichen Alters*. Dort könnte es Ihnen gefallen.«

In den nächsten zwei Tagen haben wir abgehakt (im tödlich schnellen Touristentempo): die Große Chinesische Mauer, den Neuen Sommerpalast, den Lamaistischen Tempel und die Ming-Gräber. Die ganzen Dynastien machten mich langsam müde, ich verwechselte sie ständig und das fand Klára unverzeihlich. Außerdem war ich leicht erkältet und manche Reiseteilnehmer wurden mir zunehmend lästig. Am stärksten gingen mir aber die zudringlichen Straßenverkäufer auf die Nerven. Kaum schob ich einen alten zerfurchten Greis mit einem Tablett voller silberner Tabakdosen zur Seite, schon stürzte sich eine zahnlose Bäuerin auf mich und wedelte mit Seidentüchern und Kaschmir-Schals vor meinem Gesicht: *Lúka, lúka!* Scher dich zum Teufel, Alte!, murmelte ich leise. Meine anfangs übertriebene Höflichkeit schlug schnell in unfreundliche Reserviertheit oder stumpfe Resignation um. Die pfiffigen Straßenverkäufer müssen diesen Zustand geradezu gewittert haben, denn sie nutzten meine momentane Indisposition sofort aus und verkauften mir in ein paar Minuten ein Teeservice aus Porzellan (für Ruth), zwei Papierdrachen (für die Zwillinge), ein ramponiertes, aber reich verziertes Siegel und zwei bemalte Fächer (für Gott weiß wen). Natürlich war ich nicht imstande zu feilschen, und als ich einer der älteren mitreisenden Damen den Preis verriet, den ich für meine Souvenirs gezahlt hatte, wurde ich von der gesamten Reisegruppe verspottet. Aber auch das hinderte mich nicht daran, in den nächsten Tagen für einen ähnlich übertriebenen Preis einen kleinen Drachen aus Nephrit zu kaufen, einen angeschmuddelten Plüschpandabären, ein traditionelles, mit schwarzen Sonnen besticktes Jackett und einen Morgenmantel aus Kunstseide.

Ich kam mir vor wie ein Idiot, aber Klára hörte nicht auf mich anzulächeln.

Am ersten Abend hatte sie eine Verabredung mit jemandem von der tschechischen Botschaft. Ich machte derweil einen Spaziergang in die Stadt. Von unserem Hotel aus lief ich über breite, düstere Straßen etwa sechs, sieben Kilometer weit. Es gab kaum noch Radfahrer um diese Zeit. Nina ging nicht ans Telefon. Schließlich bog ich auf die Hauptstraße ab, dort war es etwas lebendiger. Ich ließ ein KFC-Restaurant hinter mir und betrat nach kurzem Zögern einen in der Nähe liegenden *Music Club*. Genau der richtige Laden für dich, dachte ich bitter, als ich den Eintritt zahlte. Eine Garderobe gab es nicht; die Tanzfläche war dunkel und leer. An den hohen runden Tischchen standen etwa an die zwanzig überraschend normal angezogene junge Menschen; sie beobachteten mich neugierig. Ich grüßte, zog meinen Mantel aus und bestellte ein Bier. Ich hörte die jungen Leute flüstern. Das amüsierte mich: Nahmen die denn etwa an, dass ich Chinesisch konnte?

»Where are you from?«, fragte nach einer Weile ein stattliches Mädchen mit mongolischen Zügen mutig.

Meine Antwort schien sie zu beeindrucken. Sie komme aus der Henan-Provinz in Zentralchina und studiere in Peking Landwirtschaft, sagte sie. Sie wohne im Studentenwohnheim – zusammen mit sieben anderen Frauen in einem Zimmer. Ich bemühte mich um einen Witz.

»Da habt ihr also insgesamt sechzehn Schränke? Acht für Kleider und acht für Kosmetik?«

Sie verstand mich nicht. Es sei sehr schön im Wohnheim, sagte sie. Alle seien so gut miteinander befreundet. Auf eine bestimmte Art fand ich sie rührend. Ich fragte, ob ich sie zu etwas einladen dürfte; sie wurde köstlich verlegen und ließ sich dann eine kleine Cola bringen, für die sie sich etwa viermal bedankte. Alkohol hätte sie angeblich noch nie im Leben getrunken. Sie war zweiundzwanzig.

Nach einer halben Stunde angestrengter Englisch-Konversation forderte ich sie aus lauter Höflichkeit zum Tanz auf; die anderen Studenten bildeten sofort einen Kreis um uns und klatschten uns aufmunternd zu.

Ich kam mir vor wie auf einem Abend für junge Parteimitglieder – aber letztendlich war es besser, als allein zu sein. Ich blieb fast eine ganze Stunde dort und verabschiedete mich dann sehr freundlich. Auf dem Heimweg kaufte ich in einem abgelegenen Kiosk eine Flasche chinesischen

Rotweinfusel namens *Great Wall* und nahm sie mit aufs Zimmer.

Schon vor Mitternacht lag ich im Bett, konnte aber nicht einschlafen. Als Norbert um halb eins anrief, war ich immer noch wach.

»Bist du gerade am Feiern?«, fragte ich etwas unpassend; in Prag war es um sechs Stunden früher.

»Habt ihr schon miteinander gesprochen?«, wollte er wissen.

»Noch nicht. Sollten wir das?«

Hoffentlich hatte Klára dasselbe gesagt, dachte ich.

»Lieber nicht. Euer Kennenlernen muss ganz natürlich aussehen. Sie darf keinen Verdacht schöpfen.«

»Kannst dich drauf verlassen.«

»Gestern hab ich etwas zu viel getrunken«, sagte er im Plauderton. »Im Akropolis. Da ich es ursprünglich gar nicht vorhatte, war ich mit dem Auto da.«

Ich wusste überhaupt nicht, warum er mir das erzählte.

»Ich war etwa um sieben dort angekommen und um zehn war ich schon richtig knülle. Also dachte ich, dass ich den berühmten SOS Drink probieren und mich nach Hause bringen lassen könnte.«

Endlich fiel der Groschen bei mir: Klára und Jiřina hatten einen typischen Anfängerfehler gemacht.

»Ich habe bei Jiřina angerufen und sie nach der Nummer gefragt«, sagte Norbert.

»Und sie hatte sie nicht.«

»Nicht nur, dass sie die Nummer nicht hatte. Sie wusste nicht einmal, wie viel das in etwa kosten würde.«

»Du hast doch damals erzählt, dass die beiden total blau waren, oder?«, wandte ich ein. »Vielleicht steckt weniger dahinter, als du jetzt vermutest.«

»Sehen heißt glauben.«

»Wer hat das denn gesagt?«

»Weiß ich nicht. Auf jeden Fall finde ich es merkwürdig.«

25.

Am nächsten Abend war Klára zur Abwechslung mit jungen chinesischen Bohemistinnen essen; sie schlug vor, ich solle mitkommen, aber nach der gestrigen Erfahrung lehnte ich ab und bezahlte dafür mit dem vorhersehbaren Gefühl von Einsamkeit. Gemeinsam mit den Rentnern kehrte ich ins Hotel zurück und rief zu Hause an, aber bei Ruth war gerade Zdeněk zu Besuch, also machte ich bald Schluss. *Ich wusste, dass meine einzige Chance darin lag, locker über den Dingen zu stehen, aber das kam mir immer schwieriger vor* – zudem auch Nina sich am Telefon deutlich verlegen zeigte.

»Ist was los?«, fragte ich nach einer Weile direkt.

Sie brauchte gute fünfzehn Sekunden, um zu antworten.

»Es war schön – aber wir wissen doch beide, dass wir keine Zukunft haben.«

In der leeren Hotelbar trank ich zwei Jack Daniels und begab mich dann auf die Suche nach einem etwas lebendigeren Ort, wo die Barfrau nicht wie die Vorsitzende eines Volksgerichts aussah. Der Hotelportier sprach nur Chinesisch, nichtsdestotrotz fischte er nach einer Weile aus einer der zahlreichen Falten an seiner Dienstpelerine eine weißrote Visitenkarte hervor und reichte sie mir. Es stand kein Wort auf Englisch darauf, nur chinesische Schriftzeichen. Trotzdem schenkte ich ihm zehn Yuan, die er ohne zu zögern einsteckte.

Vor dem Hotel stand kein Taxi. Nach einem zehnminütigen Fußmarsch durch das unbekannte Peking gelang es mir, eines anzuhalten. Es war ein alter Volkswagen Santana und sein Anblick machte mich ganz glücklich. Wie groß muss mein Heimweh sein, wenn mir schon ein *deutsches* Auto die Illusion von Zuhause vermitteln kann, dachte ich beim Einsteigen. Der Fahrgast war vom Fahrer durch ein dickes, zerkratztes Plexiglas getrennt; ich fand ein Loch darin und steckte die Visitenkarte durch.

»Excuse me, are there any Cocktail Bars here? Pubs?«

Mit einer Geste deutete ich Trinken an, aber der Taxifahrer sah nur dumpf vor sich hin. Es war unmöglich, sein Alter einzuschätzen; er hatte aufgequollene Augenlider und unter seinem abgetragenen Jackett steckte ein Wollpullover mit buntem Muster.

»Drinks? Music Clubs?«, fragte ich.

Er schwieg. Ich fuhr mit den Augen über das verstaubte Armaturenbrett, konnte dort aber keines der in Europa so verbreiteten Fotos von halbnackten Frauen entdecken. Mit wilden Schulter- und Armbewegungen versuchte ich so etwas wie tanzen vorzumachen.

»Are there any Dancing Clubs? Dancing Clubs?«

Der Mund des Chinesen ging in einem breiten Lächeln auf.

»Go-go-Bar?«

Seine Lippen bewegten sich leicht; bis jetzt brachte er zwar noch kein Wort heraus, aber in mir keimte Hoffnung auf.

»Go-go-Bar? Yes?«

»Mamasal«, sagte er endlich.

Misstrauisch sah er sich in der dunklen Straße um, als ob er fürchtete, jemand könnte uns hören. Das fand ich natürlich interessant.

»Mamasal? What is it?«

Keine Antwort. Null Problem. Ich versuchte damit auszukommen, was ich schon hatte. Ich zeigte auf die Visitenkarte.

»Okay, let's go to mamasal!«

Was auch immer das sein mag, dachte ich. Ich hielt das Gespräch für abgeschlossen und ließ mich auf die Rückbank fallen, aber der Chinese machte keine Anstalten loszufahren. Er sagte etwas auf Chinesisch und prüfte nachdenklich die Visitenkarte. Erneut beugte ich mich nach vorne.

»Go!«, sagte ich und zeigte mit der Hand nach vorne.

Er schüttelte den Kopf, tat aber sonst nichts.

»Vperjod!«, rief ich auf Russisch.

Mit der größten Anschaulichkeit, der ich fähig war, führte ich vor, wie man den Gang einlegt und das Lenkrad dreht. Jeder Mime hätte seine Freude an mir gehabt, aber auch diesmal wollte mich der Taxifahrer offensichtlich nicht verstehen. Sein glänzendes asiatisches Gesicht strahlte lediglich den bezauberten Ausdruck eines Kindes aus, das zum ersten Mal ein Marionettentheater gesehen hat.

»Fahr schon, verdammt noch mal!«, rief ich verzweifelt. »Egal wohin! Mamasal! Oder anderswohin! Mir ist das schnuppe!«

Zu meiner Überraschung drehte sich der Taxifahrer nach vorne und legte den ersten Gang ein. Wir fuhren los.

»Okay?«, fragte er über die Schulter.

»Okay! Go on!«

Er bog nach rechts ab und sah wieder zu mir nach hinten.

»Okay?«

Ich zwang mich dazu, sein Lächeln zu erwidern.

»Okay.« Ich hob den rechten Daumen hoch. »Prima. Bis jetzt perfekt.«

Er nickte fröhlich.

Nach etwa einer Viertelstunde unbegreiflich umsichtiger Fahrt hielt er am Anfang einer Straße, in der gleich über mehreren Bars Neonlichter angebracht waren.

»Okay?«

»Okay.«

Ich gab ihm ein ordentliches Trinkgeld; hastig winkte er mir zu und fuhr weg. Nach einer kurzen Straßenbegehung entschied ich mich für das rosa Schild *Lolita's Karaoke*, weil drinnen – unter anderem – auch ein paar europäisch aussehende Touristen saßen. Auf eine erneute Zusammenkunft mit chinesischen Studenten war ich nicht aus. Sobald ich über die Schwelle trat, kam ein zierliches hübsches Mädchen in einem weißen Plisseerock auf mich zu. Sie sah wie sechzehn aus, in Wirklichkeit war sie, glaube ich, ein paar Jahre älter.

»Welcome in our bar«, begrüßte sie mich und fügte einen anmutigen asiatischen Knicks hinzu.

Das fand ich etwas überraschend, aber die Anwesenden verzogen keine Miene. Sie nahm mir den Mantel ab – ich fürchtete fast, der schwere schwarze Stoff würde sie unter sich begraben. Ich stellte mich an den nächsten freien Tisch und warf einen Blick auf die Getränkekarte unter der Glasplatte. Im Vergleich zu den üblichen Lokalen gab es hier extreme Wucherpreise. Die unglaublich hohen Ziffern strahlten vielversprechende Verheißungen aus, die mir fast den Atem raubten. In meinen Lenden breitete sich ein Kribbeln aus. Ob das von dem hiesigen Essen kam, fragte ich mich und sah mich um. Auch die anderen Serviererinnen waren ganz jung und trugen weiße Röckchen. Einer der Gäste reichte mir seine behaarte Pranke.

»Hi, I am Steve!«

Er war offensichtlich mehr als blau und bestimmt über

hundert Kilo schwer, aber sein Gesicht war freundlich. Er erzählte, dass er aus Melbourne komme und dass ich mir überhaupt nicht vorstellen könne, was hier abgeht.

»I am afraid you are right«, gab ich zu.

Ich werde das schon mitbekommen, sagte er noch. Inzwischen kam das Mädchen zurück. Der Australier torkelte zu seinem Platz an der Bar, zwinkerte mir vorher aber noch zu.

»Was wünschen Sie bitte?«, fragte das Mädchen wie eine Musterschülerin.

Ich bat um einen doppelten Scotch. Sie gab die Bestellung an den Barmann weiter und blieb scheu lächelnd bei mir stehen. Ich möchte nicht behaupten, dass mich das nicht gefreut hätte.

»Wird der Barmann Sie nicht vermissen?«

»Aber nein«, sagte sie arglos, »ich muss mich doch um die Gäste kümmern.«

Wir sagten unsere Namen (sie hieß *Liang* oder so ähnlich) und dann stellte sie mir ein paar höfliche Fragen. Geduldig lächelnd lieferte ich die entsprechenden Antworten und legte dabei ein- oder eher zweimal *väterlich* die Hand auf ihren schmächtigen blassen Unterarm. Sie beachtete das nicht. Nach einer Weile zauberte sie von irgendwoher einen ledernen Becher mit Würfeln hervor und fragte, ob sie mir ein *lustiges Spiel* beibringen soll. Diese plötzliche Abweichung von der formalen Konversation erfreute mich richtig (was geschieht, wenn zweimal hintereinander eine Sechs fällt?, schoss mir durch Kopf), aber nach zwanzig Minuten langweiligen Würfelns und darauf folgender komplizierter Rechnerei wurde mir klar, dass es sich wirklich nur um eine chinesische Variante des Würfelspiels handelte. Meine Enttäuschung stand mir wohl ins Gesicht geschrieben, denn das Mädchen ließ den Becher wieder verschwinden.

»Do you like music?«, fragte sie.

»Sure. I love music!«

»You like karaoke?«

Sie sprach diese Frage mit der gleichen Intonation wie die vorherigen, aber aus irgendeinem Grund spitzte ich trotzdem die Ohren.

»Yes«, sagte ich äußerst vorsichtig, als ob ich es mit einem explosiven Stoff zu tun hätte; ein einziges falsches Wort und meine wollüstigen Fantasien würden in tausend Stücke zerspringen.

»Möchten Sie, dass ich Ihnen etwas vorsinge? Auf meinem Zimmer?«

Endlich. Das bloße Wort *mein Zimmer* (*private room*) erfüllte mich mit einer solchen Vorfreude, dass ich fast jauchzen musste.

»Ja, Liang. Das wäre sehr nett von Ihnen.«

»Eine Stunde kostet einhundertfünfzig Dollar.«

Ihr Lächeln und das weiße Röckchen machten die Summe etwas leichter verdaulich.

»Der Preis ist akzeptabel.«

Sie zog die Augenbrauen zusammen, das englische Wort *acceptable* kannte sie wohl nicht.

»Yes or no?«, sagte sie misstrauisch.

Das Gehabe einer Kupplerin stand ihr nicht.

»Yes!«, bestätigte ich betont, wohl um meine Zweifel zu betäuben. »Okay!«

Sie nickte zufrieden.

»Wait a moment, please. I have to speak to mamasal.«

Mamasal. Endlich war die Sache klar. Ich gab ihr das Geld, sie brachte es dem Barmann, kam dann wieder zu mir und fasste mich an der Hand. Der Australier rief mir etwas hinterher, aber ich ignorierte ihn.

Ich folgte Liang durch einen engen, schlecht beleuchteten Gang, der an beiden Seiten von Türen gesäumt war. Hinter einigen hörte man Musik. Sie betrat einen kleinen Raum, der wie ein winziges Rundfunkstudio wirkte. Es gab hier allerdings keinen Tisch, sondern nur ein erhöhtes Podium mit Teppich, Decke und gestickten Kissen darauf. Die Wände waren ebenfalls mit Teppichen behängt, an einer Wand befand sich außerdem ein großflächiger Bildschirm; daneben stand ein bemalter Paravent. Liang lächelte mich scheu an, schloss die Tür und reichte mir einen roten Ordner, in dem es lange Listen mit berühmten oder weniger berühmten Musikinterpreten und ihren Songs gab.

»Wait a second«, sagte Liang und verschwand hinter dem Vorhang.

Ich blätterte wahllos durch den Ordner – Annie Lennox: *No More I Love You*. George Michael: *Praying for Time*. Lionel Richie stand gleich auf der nächsten Seite. Auf dem oberen Ende vom Paravent landete ein weißer Rock. Zu dem Rock gesellte sich bald die Bluse. Im nächsten Moment stand Liang in einem Morgenmantel aus roter Seide vor mir.

»What song did you choose, Denis?«

Ich sagte ihr die Nummer. Sie ging zu einem kleinen Telefon an der Wand, griff nach dem Hörer und bellte scharf, wie zum Streit aufgelegt, etwas hinein. Dann warf sie mir einen Blick zu, nahm das schnurlose Mikrofon in die Hand und lächelte zärtlich. Ähnlich wie viele Frauen aus diesem Milieu konnte sie binnen einer Sekunde zwischen zwei komplett unterschiedlichen Gesichtsausdrücken wechseln. Der Bildschirm färbte sich blau, Lionel Richie tauchte auf und die ersten Töne erklangen. Über dem unteren Rand des Bildschirms wurde der englische Text eingeblendet. Liang sang sauber und genau. *Hello, is it me you're looking for? I can see it in your eyes, I can see it in your smile …* Aus irgendeinem Grund fühlte ich mich durch ihr weiches Englisch gerührt. Ich legte meinen Kopf auf eines der bunten Kissen und sie kniete sich zu mir; den Rest des Liedes sang sie auf den Knien. Ich sagte, dass das sehr schön war, und fragte, ob sie nicht ein chinesisches Liebeslied singen könnte. Sie stand auf, zog ihren Morgenmantel aus und meldete etwas ins Telefon. Dann kehrte sie zurück zu mir. Ich streckte die Hand aus und berührte ihre kleine Brust. Sofort stieß sie mich weg von sich.

»Don't touch!«, ermahnte sie mich streng. »No touching!«

Ist das ein Scherz, fragte ich auf Englisch. Auf dem Bildschirm lief inzwischen ein neuer Clip: Über einer Sommerwiese voll mit Blumen flatterten Schmetterlinge.

»No touching!«, wiederholte sie griesgrämig.

Wieso, wunderte ich mich laut, ich habe einhundertfünfzig Dollar gezahlt – und darf sie nicht einmal anfassen? Wenn ich sie berühren möchte, müsste ich ihr zuerst ein Geschenk machen, verkündete sie kühl. Ein Geschenk? Was für ein Geschenk, fragte ich. Ich sah immer noch ihre Brüste an. Ein Beweis, erklärte sie. Ein Beweis, dass ich sie wirklich mag.

Liebe gibt es nicht, nur Liebesbeweise.

»Wie viel?«, lachte ich.

»One hundred«, sagte sie wie aus der Pistole geschossen.

Du verdammte kleine Nutte, dachte ich. Wortlos zog ich das Portemonnaie aus der Tasche, zählte fünf Zwanzig-Dollar-Scheine ab und drückte sie in die kleine Hand; sie rollte sie geschickt zusammen und schob sie in die Tasche ihres abgelegten Morgenmantels.

»Okay?«, fragte ich.

Sie nickte. Wortlos zog ich ihre mageren Beine auseinander und legte die Hand in ihren rasierten, leicht geröteten

Schoß. Etwas später sah ich ihr in die Augen. Sie lächelte schon wieder und sah dabei fast unschuldig aus.

»I like you, Denis. Really.«

»I would like to make love with you«, sagte ich wahrheitsgemäß.

»No fucking!«, rief sie erschrocken und setzte sich sofort hin. »No way!«

Fünf Minuten später saß ich bereits im Taxi zurück ins Hotel: verzweifelt, unbefriedigt und wütend.

Als wir an einer Kreuzung auf Grün warteten, trat unbemerkt ein älterer Mann ans Auto und klopfte ohne Vorwarnung gegen die Fensterscheibe. Nicht nur ich fuhr zusammen, sondern auch der Taxifahrer.

»Lúka! Lúka!«, rief der Mann.

Er trug ein grünes Militärhemd und ausgeleierte Trainingshosen mit weißen Streifen. Von seinem linken Vorderarm hingen einige Leporellos: Ansichtskarten von Peking und ausgeblichene Aktfotos. Mir fiel auf, dass die Chinesinnen auf den Fotos unter den Achselhöhlen nicht rasiert waren. Mit der anderen Hand zeigte er mit seinen dreckigen Fingern den Preis an. Schweigend, ohne mich zu bewegen, sah ich ihm in die Augen. Die Zahl der Finger verringerte sich.

»Fuck you«, sagte ich leise, dafür aber überdeutlich artikuliert.

Die Ampel sprang auf Grün um. Der Mann bleckte seine löchrigen Zähne, trat vom Auto zurück und nuschelte etwas – wahrscheinlich ein Schimpfwort. Ich schämte mich. Ich war betrunken, aber nicht genug. Wir fuhren durch leere, unbeleuchtete Straßen. Durch ein Fenster im Erdgeschoss eines Eckhauses sah ich eine Familie vor dem Fernseher sitzen. »Anständigkeit und anständiges Leben zogen mich in der Dunkelheit wie eine Sünde an.« Auf meinem Handy waren drei neue Nachrichten: eine von Ruth, eine von Nina, die Dritte von Klára:

Bin in der Hotelbar – nehmen Sie einen Drink mit mir?

»Hallöchen«, sagte sie zur Begrüßung.

»Hat Norbert angerufen?«, fragte ich gleich.

»Ja.«

»Bei mir auch. Ich habe gesagt, wir hätten noch nicht miteinander gesprochen. Hoffentlich ...«

»Ja, ich auch. Wo waren Sie den ganzen Abend?«

»In der Halle des verbotenen Glücks«, sagte ich. »Im Palast der unendlichen Leere.«

Ich setzte mich ihr gegenüber in einen Sessel. Sie sah mich amüsiert an.

»Im Garten der Vergeblichkeit«, fuhr sie fort.

»Genau richtig. In der Pagode des großen Betrugs.«

»Wollen Sie damit sagen, dass es nicht einmal zu einem Fick gekommen ist?«

Normalerweise mag ich nicht, wenn Frauen ordinäre Ausdrücke benutzen, aber sie sprach das Wort so sachlich aus, dass es nicht einmal vulgär wirkte.

»Im geschlossenen Tor der Sehnsucht? Im Tempel des ewig geilen Buddhas? Am Altar der nicht geernteten Liebe?«

Ich war angetrunken und zog eine Show für sie ab.

»Das muss eine richtige Sightseeingtour gewesen sein«, lachte sie. »Wie viel hat Sie der Spaß gekostet?«

Zum x-ten Mal an diesem Abend holte ich mein Portemonnaie heraus und zählte nach.

»Nicht mal dreihundert. Dreihundert Dollar versenkt im Brunnen der versagten Begierde.«

»Dreihundert Dollar?«, rief sie.

Ich nickte. Sie legte den Kopf zur Seite.

»Das glaube ich nicht, dass man für dreihundert Dollar nicht mal einen Fick bekommt. Das muss doch gehen – auch in Beijing.«

»Vielleicht geht das, mir ist es aber nicht gelungen.«

Sie drückte den Rand ihres Glases gegen ihren hübschen Mund und kniff die grünen Augen zusammen. Diesen Blick werde ich wohl nie im Leben vergessen.

»Ich hätte einen romantischen Vorschlag für Sie«, sagte sie. »Wie wär's mit einem Fick umsonst?«

Ich starrte sie an. Sie zuckte die Schultern.

»Kapitulation vor der Animalität.«

Sie schob leicht die Knie auseinander. Sie hatte eine Jeans an, aber das erregte mich viel mehr als die Nacktheit meiner Chinesin.

»Haben Sie schon bezahlt?«, fragte ich.

Sie nickte und stand auf.

»Schalten Sie bitte Ihr Handy aus«, sagte ich.

»Du Arsch! Du beschissener geiler Arsch!«

Ich schlage ihn mit der Pistole auf den Mund; seine Oberlippe platzt auf. Denis stöhnt laut vor Schmerz und versucht das strömende Blut mit der Zunge zu stillen.

»Norbert, das ist wirklich geschmacklos!« Er schüttelt den Kopf. »Wen spielst du jetzt? Das passt doch nicht zu dir!«

»Halt's Maul. Hier befehle ich!«

»Das ist nicht zu übersehen.«

Mit den Fingern verschmiert er sich das Blut auf dem Kinn.

»Steh auf.«

Erschrocken sieht er mich an.

»Steh auf!«, wiederhole ich mit Nachdruck.

Ich trete einen Schritt zurück und ziele mit der Pistole auf seinen Kopf. Beim Aufstehen muss er sich abstützen; auf der Lehne seiner weißen Ledergarnitur bleibt ein blutiger Streifen.

»Das Sofa tut mir leid«, sagt er und seine Stimme zittert. »Wenn du mich hier erschießt, kriegt man es nie wieder sauber.«

Sein Atem ist merkwürdig stockend und auf seiner Stirn, Nase und Oberlippe stehen Schweißperlen.

»Du hättest das auch gemacht!«, ruft er plötzlich. »Gib's zu! Fast jeder hätte das gemacht!«

»Halt's Maul!«

»Wir waren in China, kapierst du das nicht? Weit weg. Das war nicht am Rande von Prag ...«

Ich zögere und er nutzt es sofort aus.

»Du warst achttausend Kilometer weg. Und außerdem, denk dran, wie sie herumläuft ... Ich habe dir doch erzählt, wie im Flugzeug ihr Spitzenslip rausguckte. Hätte ich ihn mit dem Finger zwei Zentimeter tiefer gezogen ...«

Mit einer einzigen Handbewegung bringe ich ihn zum Schweigen. Ich muss die Augen schließen und richtig den Kopf schütteln, dann erst verschwindet das Bild.

»Lass mich zu Ende reden, Norbert. Bitte.«

Ich antworte nicht. Das deutet er als Zustimmung.

»Nur zwei Zentimeter tiefer ... Verstehst du, was ich meine? Du warst achttausend Kilometer weg – und ich saß zwei Zentimeter von ihren Schamhaaren entfernt. Von ihren Schamhaaren, verdammt!«

Mein Blick bringt ihn zum Schweigen. Die Spannung wächst.

»Zeig ihn mir«, sage ich. »Zeig mir das Zepter deiner Sehnsucht!«

Mit der Pistole deute ich auf seinen Hosenschlitz.

»Wie bitte?«

»Hol ihn raus«, befehle ich. »Ich will ihn sehen.«

Er will immer noch nicht glauben, dass ich es ernst meine.

»Mach schon!«, schreie ich.

Diesmal schließt er die Augen. Dann dreht er sich zur Seite und öffnet die Hose.

»Zieh dich ganz aus. Das Hemd auch.«

Er will etwas sagen, aber ich erlaube es nicht. Ich betrachte ihn. Er hat breite Schultern, aber der Bauch ist nicht mehr fest. Sein eher durchschnittlich großer Penis ist ganz geschrumpft. Er errät meine Gedanken.

»Ein Rätsel, was?«

»Dann beschreib es mir!«, sage ich. »Erzähl mir, wie war euer Fick!«

26.

Sie fuhr mit der Plastikkarte durch den Schlitz an der Zimmertür, die grüne Kontrollleuchte blinkte auf und man hörte ein leises Klicken. Wir betraten das dunkle Vorzimmer und Klára steckte die Karte in das kleine Stromkästchen an der Wand. Im gleichen Moment ging das Licht an. Ihr Zimmer war eine spiegelverkehrte Kopie von meinem: derselbe Sessel und derselbe Tisch, dieselbe cremefarbene Nachttischlampe mit goldenen Beschlägen, dasselbe Bett mit einem Überwurf in Altrosa und gepolsterter Stirnseite, darüber haargenau dasselbe Bild wie bei mir: Kirschblüten und kalligrafische Unterschrift des Autors. Klára folgte meinem Blick.

»Die chinesische Malerei entwickelte sich ursprünglich in zwei grundlegende Richtungen. Man spricht einerseits von der Technik der *freien* Pinsel, die durch weite stilisierte

Linien charakterisiert wird, und dann gibt es noch die Technik der *Detailpinsel*, die sich auf sehr realistische, bis ins kleinste Detail durchgearbeitete Gemälde bezieht«, belehrte sie mich. »Seit der Ming-Dynastie wurde die Technik der freien Pinsel bevorzugt. Hätten Sie was dagegen, kurz zu duschen? Ich habe ungefähr vor einer Stunde geduscht.«

»Gerne.«

»Meine sachliche Herangehensweise stört Sie nicht?«

»Im Gegenteil«, sagte ich aufrichtig.

»Ich habe ziemlich lange gebraucht, bis ich es gelernt habe. Zum Beispiel war ich lange nicht imstande, in einem Restaurant – wenn Sie den Vergleich verzeihen – das zu bestellen, worauf ich *wirklich* Appetit hatte. Falls Sie verstehen, was ich meine ...«

Schon in der Badezimmertür drehte ich mich wieder zu ihr.

»Aber sicher. Ihre *wahren* Gelüste opferten Sie auf dem Altar der überflüssigen Sorge, den Kellner womöglich aufzuhalten, dem Koch die Arbeit zu verkomplizieren oder irgendwelche extra Leistungen in Anspruch zu nehmen. Ihre lächelnde, knappe Bestellung entsprach zwar immer der Konvention, aber sie hat Ihnen nie das verschaffen können, was Sie *in Wirklichkeit* gerne bekommen hätten.«

Sie sah mich an.

»Sie reden schön. Vielleicht sollten Sie mal versuchen zu schreiben.«

»Ein gutes Gespräch ist auch Verführung. Wie Stephen King in seinen neulich erschienenen Memoiren sagte: Warum sonst landen so viele Paare, die den Abend mit einem Essen beginnen, schließlich im Bett?«

»Ich glaube, wir werden uns verstehen.«

»Das glaube ich auch.«

»Soll ich mich ausziehen oder wollen Sie das machen?«

»Ziehen Sie sich bitte alleine aus. Wenn ich ehrlich bin, bringen mich enge Jeans jedes Mal zur Verzweiflung. Der Kampf mit der eng sitzenden Hose gehört zu den Alpträumen meiner Pubertät.«

Aus dem Pullover, den sie sich gerade über den Kopf zog, kam ein gedämpftes Lachen.

Ich wickelte mir ein Handtuch um die Hüften und kam aus dem Badezimmer. Klára lag bäuchlings auf dem Bett; sie war nackt, aber offensichtlich verspürte sie kein Bedürfnis, sich zuzudecken. Damit erinnerte sie mich an Ruth.

»Das Ergebnis des heutigen Abends: Tschechische Republik gegen China – eins zu null«, sagte ich.

Sie brauchte ein wenig Zeit, um zu verstehen.

»Sie sind wirklich ein Zyniker«, sagte sie.

Ich setzte mich zu ihr und betrachtete sie. Bis jetzt hatte ich sie kein einziges Mal berührt. Sie versteckte ihr Gesicht im Kopfkissen.

»Es kann losgehen, wenn Sie wollen«, murmelte sie.

»Ich bevorzuge eine etwas langsamere Herangehensweise.«

Durch ihren Vortrag über die chinesische Malerei angeregt kam mir ihr Körper wie eine leere Leinwand vor, ich konnte an jeder beliebigen Stelle anfangen. Ich hauchte mir in die Hände und berührte mit zwei Fingern ihre Lenden.

»Welche Technik hätten Sie lieber?«, fragte ich. »Die der freien Pinsel – oder doch lieber die Technik der Detailpinsel?«

Mit den Fingern fuhr ich ihre Wirbelsäule hinauf bis zum Hals und dann wieder herunter. Über ihren schlanken Rücken lief ein leichtes Zittern.

»So, wie Sie das jetzt machen, ist es prima.«
»Mehr nach oben oder nach unten?«
»Nach unten«, sagte sie.

Am nächsten Tag flogen wir nach Shanghai. Die chinesische Maschine startete fast senkrecht und meine Ohren taten sofort weh.

»Mir klingen die Ohren«, beklagte ich mich bei Klára.

Obwohl kein Essen in Sicht war, klappte sie den Plastiktisch herunter und legte ihre Hand auf meinen Penis.

»Norbert vermutlich noch mehr«, sagte sie.

In Shanghai wurden wir endlich mit warmer Witterung empfangen. Es waren angenehme zwanzig Grad. Ich kam nur mit Hemd und Jackett aus, Klára trug ein blauweißes Kleid und einen dünnen Pullover. Unter dem misstrauischen Blick unseres Reiseleiters verließen wir die Gruppe und organisierten uns ein eigenes Programm. Nach einer halben Stunde Vormittagssex im Hotel fuhren wir mit dem Taxi zum Hafen, wo wir einen leckeren Fisch zu Mittag aßen. Dann kehrten wir über die steinerne Uferpromenade am gelbbraunen Huangpu ins Zentrum zurück und liefen dort über eine Stunde lang ziellos herum. Zum Schluss blieben wir am Metallgeländer stehen und sahen der unendlichen Flottille zu, die aus beiden Richtungen an uns vorbeizog: angerostete und moderne Containerschiffe, riesige Zisternentanker, überfüllte Fähren des städtischen Verkehrs und verschiedene kleine Dschunken, manche sogar mit Segeln. In Kláras Cordhandtasche klingelte das Handy. Schnell fischte sie es heraus, warf mir einen bedeutsamen Blick zu und ging ein paar Meter zur Seite. Ich drehte mich um und betrachtete unkonzentriert das Hochhauspanorama am gegenüberliegenden Ufer.

»Wie geht es ihm?«, fragte ich, als sie zurückkam.

»Interessiert es dich wirklich?«

»Ja.«

Ich wollte es wirklich wissen – es war keine Höflichkeitsphrase. Ich mochte Norbert gerne, auch wenn ich mit seiner Freundin schlief; ich hatte sogar das schwer zu erklärende Gefühl, dass dadurch meine Zuneigung zu ihm noch größer wurde. In jener merkwürdig grauen Welt, in der ich lebte, schloss das eine das andere nicht aus.

»Er ist dabei, seinen Roman abzuschließen – den über diesen Detektiv. Dann hat er gesagt, er hätte Sehnsucht nach mir – würde sich immer wieder meinen Spaziergang durch den Baumgarten angucken ...«

»Sieh mal einer an.«

»Und er übt auf dem Schießplatz.«

»Ist denn Schießen schon immer sein Hobby gewesen?«

»Nein. Damit hat er erst jetzt angefangen.«

»Hast du eine Erklärung dafür?«

»Ich weiß nicht. Als ich danach fragte, hat er gesagt, manche seiner Fragen kann nur noch ein Schuss übertönen.«

Sie sah mich an.

»Hast du Angst?«, fragte sie lächelnd.

»Ja. Dass sich diese Information negativ auf meine Erektion auswirkt.«

Neckisch kniff sie die Augen zusammen.

»Übrigens: Haben wir jetzt endlich miteinander geredet?«

»Ja, ganz kurz«, informierte sie mich.

»Könntest du das etwas präzisieren.«

»Wir haben uns beim Mittagessen gegenübergesessen. Unsere bisherigen Eindrücke ausgetauscht. Wir finden es beide ganz nett hier, dir klingen nach dem heutigen Flug die Ohren. Wir haben uns natürlich gegenseitig vorgestellt. Ich studiere Chinesisch, du bist – wie du wolltest – Psychologe.«

»Wieso kamen wir so plötzlich ins Plaudern?«

Sie presste die Lippen zusammen.

»Keine Ahnung. Wahrscheinlich hatte ich nach gestern keine Kraft, zu behaupten, dass wir uns gar nicht kennen. Verstehst du? Für die *absolute* Lüge reicht meine Kraft nicht aus.«

»Das nächste Mal fass dich bitte etwas kürzer«, sagte ich. »Je weniger du redest, desto besser.«

Sie nickte brav.

»Ja, und noch was!«, fiel ihr ein. »Ich habe gesagt, dass du verwitwet bist.«

Sie lächelte unsicher.

»Verwitwet?!« Ich erschrak. »Warum ausgerechnet das?«

Das weibliche Denken ist wirklich schwer zu verstehen, dachte ich. Außerdem war es Ruth gegenüber ziemlich unfein. Ich fasste mich an den Kopf. Die vorbeilaufenden Chinesen drehten sich nach mir um.

»Ich weiß nicht. Es fiel mir einfach so ein.«

»Bitte keine Improvisationen mehr.«

»Ist *verwitwet* ein Problem?«

»Das wird sich zeigen«, sagte ich.

Abends fuhren wir gemeinsam mit den anderen Reiseteilnehmern mit einem Schnellaufzug auf das achtundachtzig Stockwerke hohe *Jin Mao Building*, um die obligate Aussicht auf die Lichter der Megacity zu genießen. Das Handy in meiner Jackentasche wurde zu einem fremden, feindlichen Gegenstand: Sein Schweigen kam mir Unheil verkündend vor.

»Ruhe bewahren«, versuchte Klára mich zu beschwichtigen.

27.

Um die Situation aus der von Norbert zitierten Erzählung von Salinger zu vermeiden, rief ich gleich nach der Rückkehr ins Hotel bei ihm an.

»Hallo, Detektiv. Ich wollte dich später auch anrufen«, sagte er, womit er die Richtigkeit meiner Vermutungen bestätigte. »Wo seid ihr?«

»Momentan in Shanghai, der größten, betriebsamsten und vitalsten Stadt Chinas. Hier schießen Wolkenkratzer schneller aus dem Boden als irgendwo anders Pilze.«

»Da bin ich echt froh, nicht dabei zu sein. Alles roger, oder?«

»Du meinst schleichende Flirts, raffinierte Koketterie, herausfordernde Gesten, absichtlich fallen gelassene Taschentücher, zufällige Berührungen und doppeldeutige Anspielungen?«

»Ja, so was in der Richtung.«

»So etwas haben wir hier nicht. Mit anderen Worten: keine besonderen Vorkommnisse.«

»Ihr kennt euch immer noch nicht?«

Ich musste lächeln.

»Doch, schon. Heute hatten wir beim Mittagessen unsere erste Unterhaltung. Ich habe es als einsamer reicher Witwer bei ihr versucht, aber sie hat leider nicht angebissen.«

Norbert blieb ernst.

»Verstehe ich nicht. Warum hast du erzählt, dass du verwitwet bist?«

Darauf war ich natürlich vorbereitet.

»Hm. Das kommt jetzt, gebe ich zu, etwas überraschend … Lass mich nachdenken … Weiß ich nicht. Vielleicht kommt mir die Wirklichkeit in letzter Zeit zu langweilig vor. Vielleicht finde ich fremde Identitäten aufregend.

Womöglich bin ich eine Art Transvestit – mit dem Unterschied, dass ich keine fremden Kleider, sondern fremde Geschichten anziehen möchte. Übrigens: Die Anmut einer Geschichte bleibt ewig. Hab ich das von dir?«

»Nein.«

»Apropos: Wie kommt dein Roman voran?«

»Ist fast fertig. Wechselst du das Thema?«

»Überhaupt nicht. Also: ein Witwer, sogar ein frischgebackener Witwer. Ein frischgebackener Witwer ist doch eine außerordentlich aufregende Rolle. Die unverständlichen Melancholieanfälle, die tapfere Ausgeglichenheit, die männlich verborgene Einsamkeit …

»Du hast also wegen deiner Freude an der Witwer-Rolle sogar deine Ruth zu Grabe getragen?«

»Ach komm, du bist aber ein furchtbarer Moralist!« Ich bemühte mich um ein möglichst spontan klingendes Lachen. »Fantasien sind doch unschuldig. Darüber müsstest du doch eine Menge wissen.«

Er sagte nichts. Ich blieb angespannt. Mein Blick verhakte sich an den Kirschblüten über meinem Bett.

»Ich hätte gedacht, dass Geheimagenten nur dann lügen, wenn es wirklich notwendig ist«, sagte Norbert. »Ist übrigens auch logisch: Warum lügen, wenn man genauso gut die Wahrheit sagen kann? Je mehr unwahre Informationen, desto höher das Risiko enttarnt zu werden.«

Er schwieg kurz, damit seine Worte ihre Wirkung besser entfalten konnten.

»Oder stimmt das etwa nicht?«

Ich seufzte theatralisch.

»Nein, es stimmt. Du hast recht. In diesem Fall handelt es sich um eine unverzeihliche, dumme Improvisation. Du kannst mir diesen Ausrutscher vom Honorar abziehen.«

»Ich verstehe nicht, warum du das gesagt hast! Ich verstehe es einfach nicht!«

»Ich für meine Person würde sagen, dass ich es mit all den Rentnern langsam zu langweilig finde.«

Er schwieg.

»Es gibt hier entweder Rentner oder Chinesen«, sagte ich. »Versuch dir das vorzustellen.«

»Oder Klára.«

Es war höchste Zeit, zum Angriff überzugehen.

»Norbert, du hast zwei Möglichkeiten: Entweder akzeptierst du meine Erklärung oder«, ich legte etwas gerechte Empörung in meine Stimme, »du musst dich weiterhin mit deiner Vorstellung quälen, dass ich Klára vernaschen wollte.«

»So etwas habe ich nicht gesagt.«

»Mann, hör doch auf zu lügen! Alles, was du sagst, trieft geradezu vor Verdächtigung! Meinst du, dass ich das nicht höre?«

»Entschuldigung.«

»Du wirfst mir indirekt vor, dass ich fremdgehe – und sagst dann einfach nur Entschuldigung?«

»Entschuldige. Du weißt, dass ich der Sklave meiner Fantasie bin.«

»Das hast du schon öfter gesagt. Immer dieselbe Leier. Norbert, reiß dich zusammen! Glaubst du nicht, dass du endlich die Verantwortung für deine Worte und für deine Taten übernehmen solltest? Du kannst nicht ständig ein kleines Kind spielen und danach um Entschuldigung bitten.«

Er holte tief Luft.

»Denis?«, sagte er. »Du hast recht. Ich benehme mich wie ein Idiot.«

»*Wie ein krankhaft eifersüchtiger Lebensgefährte,* wäre vielleicht eine genauere Bezeichnung.«

»Ja. Vielleicht sollte ich mich wirklich therapieren lassen. So kann es unmöglich weitergehen.«

»Wenn ich wieder da bin, denken wir uns was aus. Hauptsache, du verlierst die Nerven nicht, Norbert. Es gibt kein Problem, das nicht gelöst werden könnte.«

»Na ja. Was ist mit deinen Ohren? Klára sagte, dass …«

Er stockte.

Mir blieb nichts anderes übrig, als ihn anzupfeifen. »Du hast also schon gewusst, dass wir miteinander gesprochen haben! Sollte das eine neue Probe sein?«

»Entschuldige bitte.«

Ich fühlte mich hundsmiserabel.

»Seit heute früh rauscht es mir in den Ohren. Unser chinesischer Pilot ist wohl auch eifersüchtig – auf Senkrechtstarter.«

Gemeinsam lachten wir über meinen kleinen Witz.

»Und wie sieht es mit deinem Roman aus?«, fragte ich. »Was mich freilich vor allem interessiert, ist die Figur des Detektivs. Ich hoffe, er ist ein positiver Held.«

»Nicht ganz. Es kommt darauf an. Aber nimm es nicht persönlich. Von der Realität lasse ich mich lediglich *inspirieren …*«

»Wollen wir wetten, dass du dieses Gespräch für deinen Roman übernimmst?«

»Das ist nicht auszuschließen.«

Kaum hatte ich erschöpft aufgelegt, rief Ruth an. Mir fiel ein, dass ich ganz vergessen hatte, ihre SMS zu beantworten.

»Ich wusste nicht, ob ihr gut gelandet seid«, sagte sie vorwurfsvoll. »Du hast auf meine SMS nicht geantwortet.«

»Aus Rache für deinen romantischen Ausflug in den Zoo.«

»Red keinen Unsinn. Du hast mich einfach *vergessen.*«

»Stimmt«, gab ich zu.

»Nina hast du seit zwei Tagen nicht geschrieben. Und Sandra behauptet, du hättest kein einziges Mal in der Kanzlei angerufen.«

»Habe ich auch nicht.«

»Ist was los?«

»Ich weiß nicht.«

»Läuft da was, wovon *ich* nichts weiß?«

Ich lehnte den Kopf an die Wand.

»Irgendwie ist alles außer Kontrolle geraten.«

Im Hörer blieb es still.

»Du hast mit Klára geschlafen?«

Mir fehlten die Worte.

»Ihr wart miteinander im Bett, richtig?«

»Ja.«

Darauf sagte sie nichts mehr.

»Sag doch was.«

»Wenn Norbert das herausbekommt, bringt er dich um.«

28.

Am nächsten Tag stand eine Busfahrt nach Suzhou auf dem Programm. Der anfangs dichte Verkehr durch eine fade Landschaft lichtete sich und auf einmal fanden wir uns inmitten von Reisfeldern wieder, auf denen Bauern mit riesigen Strohhüten arbeiteten. Es musste sofort eine Pause zum Fotografieren eingelegt werden. Das kam mir den abgerackerten Arbeitern gegenüber ziemlich taktlos vor. Ein fremdgehender Moralist, dachte ich, blieb aber trotzdem im Bus sitzen. Beim Einsteigen straften mich die Rentner mit ein paar bösen Blicken. Andersartigkeit fordert Hass heraus.

»Was hast du?«, fragte Klára.

»Moralischen Kater«, sagte ich.

Nicht ganz überzeugend drückte sie mir die Hand.

Suzhou. Venedig des Ostens, verkündete der Reisetaschenführer Berlitz, dennoch empfand ich nur eine bockige Gleichgültigkeit (übrigens habe ich nie richtig verstanden, wie man über Eindrücke aus fremden Städten oder Ländern sprechen kann, ohne dabei die Lebenssituation oder zumindest Stimmung des Reisenden zu berücksichtigen). Hunderte von künstlichen Wasserkanälen, die durch uralte Dörfer flossen, Hunderte von weiträumigen, raffiniert komponierten Gärten, Unmengen von Teichen, kleinen Seen, goldenen und roten Fischen. Die Rentnerinnen stießen einen Glücksseufzer nach dem anderen aus und fotografierten um die Wette. Eine alte Dame aus Milevsko stellte plötzlich fest, dass sie auf ihrem Film keine Bilder mehr hatte. Sie schrie tragisch auf und rang die Hände. Unser junger, von den ständigen Fragen und Wünschen sichtlich genervter Reiseleiter schaffte es nicht, sie zu beruhigen.

»Mein Gott, wie ist das möglich!«, rief sie immer wieder. »Der Film ist alle!«

Es lag zum Teil eine (siebzigjährige) Koketterie darin, zum Teil aber meinte sie es ernst. Ich empfand das immer stärkere Bedürfnis, sie zu schlagen.

»Er hört Sie nicht«, sagte ich laut, ohne zu lächeln. »Sie befinden sich außerhalb seiner Reichweite.«

Alle drehten sich zu mir um.

»Wen meinen Sie?«, fragte sie argwöhnisch.

»Gott. Entweder schreien Sie lauter oder Sie probieren es mit Buddha. Der ist hier zuständig.«

Ihre Entrüstung ließ mich gleichgültig.

»Einen Versuch wär's wert. Vielleicht schickt er Ihnen eine superneue Kodak-Kamera.«

Klára lachte. Damit wurden wir definitiv zu den schwarzen Schafen der Reisegruppe.

Wir entschieden uns gegen einen gemeinsamen Besuch des Gartens des demütigen Politikers und begaben uns zu Fuß in den Garten des Verweilens im Westen des Ortes. Der Weg dauerte länger, als wir uns das anhand der kleinen Kartenskizze vorgestellt hatten, und außerdem verliefen wir uns.

»Irgendwie symbolisch«, sagte ich.

Endlich passierten wir das Eingangstor und setzten uns erschöpft in den erstbesten Holzpavillon.

»Der Garten wurde auf Anordnung eines Staatsbeamten der Ming-Dynastie gegründet, der hier meditieren wollte«, las mir Klára aus dem Reiseführer vor.

Ich starrte den riesigen Felsblock an, der auf einer kleinen Wiese stand.

»Interessant. Und was wollen wir machen? Hier in China. Wollen wir weitermachen?«

»Beachtenswert sei außerdem der fünf Tonnen schwere Stein, der vor vierhundert Jahren aus dem Taihu-See hierhergeschafft wurde. Wegen seiner Form und seiner inspirativen Aussagekraft, steht hier.«

»Wollen wir weitermachen?«

»Natürlich. Ich brauche das. Ich brauche Sex auf Vorrat. Damit ich Norbert dann so lange wie möglich treu bleiben kann.«

»Sex auf Vorrat?«, schüttelte ich den Kopf. »Mein Gott, bist du etwa ein Kamel?«

»Gott hört dich nicht, versuch's mit Buddha.«

Sie küsste mich. Ich zeigte auf den Reiseführer.

»Jeglicher öffentliche Austausch von Zärtlichkeiten zwischen Mann und Frau – gleichgeschlechtliche Beziehungen werden hier gar nicht erwähnt – findet man in China unpassend, wenn nicht unanständig.«

Klára schnitt eine lustige schuldbewusste Grimasse. Eine Gruppe koreanischer Touristen in einheitlicher gelber Kopfbedeckung war gerade außer Sicht. Ich neigte mich vor und berührte ihre rechte Brust. Sie sah mich fragend an.

»Wegen ihrer Form und ihrer inspirativen Aussagekraft«, erklärte ich ihr.

Sie legte mir die Hand in den Schoß.

»Heute Abend blase ich dir einen«, flüsterte sie. »Schlucke dich runter.«

Als Kláras Telefon klingelte, lagen wir uns noch in den Armen.

»Norbert. Geh ran«, sagte ich.

Zu dieser Zeit konnte es niemand anders sein – in Prag war es fünf Uhr morgens. Sie nahm das Gespräch an. Ich zog schnell den Arm von ihrer Schulter, sie blieb aber bei mir sitzen.

»Hallo, Schatz!«

Wie fröhlich und natürlich sie ihn ansprach! Wie angewurzelt blieb ich auf der Holzbank sitzen. Ich fühlte mich genau so schwer wie der Taihu-Stein.

»In Suzhou. Es ist wunderschön hier … Im Garten des Verweilens … Nein, leider … Bin gerade dabei, für eine leidenschaftliche Fotografin aus unserer Gruppe einen neuen Film aufzutreiben.«

Konkrete Details erhöhen die Glaubwürdigkeit des Erzählten, dachte ich. Inzwischen hörte Klára zu, schon über eine Minute. Norbert war wohl von einer Bar zurückgekommen und schäumte über vor Sehnsucht nach Plaudern.

»Nein, das geht hier wirklich nicht«, lachte Klára. »Ich bin doch mit der Frau unterwegs, wir wollen einen Film kaufen, hast du das nicht verstanden?«

Klára hob die Augen gegen Himmel. Plötzlich verdüsterte sich ihre Miene und sie rümpfte die Nase.

»Was für eine Zeitung? ... Mann, woher soll ich das wissen ... Was ist es denn schon wieder in dich gefahren?«

Sie warf mir einen bedeutungsvollen Blick zu. Ich dachte fieberhaft nach, aber nichts von dem, was ich gehört hatte, wollte einen Sinn ergeben. Klára sah bereits ungeduldig aus.

»Ich muss jetzt Schluss machen, Norbert. Meine Karte ist bald alle ... Nein, kein verwitweter Psychologe ist bei mir ... Nein! ... Weiß du was, Schatz? Schlaf dich schön aus und ruf an, wenn du wieder nüchtern bist, ja? ... Ich dich auch ... Wie du willst. Ich liebe dich, Norbert.«

Sie seufzte und drückte die Beenden-Taste.

»Er wollte, dass ich es sage.«

Ich beobachtete die Bäumchen in den großen Steinvasen mit Drachenmotiven.

»Er wollte Telefonsex haben«, lachte sie. »Der hat richtig einen sitzen.«

»Was für eine Zeitung meinte er?«

»Die aus dem Café – als wir damals im Globe gefilmt haben, wie ich *MF Dnes* las.«

»Na und?«

»Er hat gerade vorhin wieder die Kassette geguckt. Der *studiert* das richtig!«

Klára hatte es noch nicht laut ausgesprochen, da wusste ich plötzlich, was er gemeint hatte. Ich biss mir in die Fingerknöchel.

»Er versteht nicht, warum in einem Prager Café Zeitungen mit der Beilage für *Mittelböhmen* und nicht für die *Hauptstadt Prag* ausliegen.«

Noch bevor mir dazu eine Erklärung einfallen konnte, klingelte mein Handy.

»Geh nicht ran«, sagte Klára. »Er ist total betrunken.«

Ich stand auf und ging aus dem Altan auf den mit hellen Kieselsteinen bestreuten Weg hinaus.

»Hallo Norbert.«

»Hallöchen, Detektiv. Was machst du?«

»Ich meditiere im *Garten des Verweilens.*«

»Scheiß auf Meditation. Ich lese gerade Bukowski. Bin der ideale Leser, der mit idealer Schlaflosigkeit ausgestattet ist.«

»Herzlichen Glückwunsch.«

»Hör zu, ich les dir was vor: ›Als Schriftsteller war der Junge nicht schlecht. Er konnte über sich selbst lachen, das wird manchmal als Zeichen einer bestimmten Größe interpretiert – oder zumindest als Zeichen davon, dass man die Chance hat, nicht als ausgestopfte Literaturscheiße zu enden.‹ Weißt du, warum ich dir das vorgelesen hab?«

»Weil du betrunken bist.«

»Weil es von mir handelt.«

»Ach so.«

»Manchmal muss ich mich selbst loben, außer mir macht es keiner. Magst du Bukowski?«

»Müsste ihn nicht in der Verwandtschaft haben.«

»Scheiß auf Verwandtschaft! Er sagt, was er meint, das ist es. Hattest du nie Lust, auf alles zu scheißen? Dich einen Dreck um den berühmten guten Ton zu scheren und einfach nur aufrichtig zu sein? Natürlich müsstest du gleichzeitig darauf scheißen, dass dich dann alle hassen werden. Bukowski, der kann das.«

»In Prag ist es fünf Uhr in der Früh, oder etwa nicht?«

»Hättest du nicht mal Lust zu schreien: ›Komm her, du Nutte, ich fick dir ein Loch in den Bauch?‹ Den Zustand kennst du doch auch, da bin ich mir ganz sicher. Auch *den* Wahnsinn kennst du. Dieses furchtbare Aufwachen – der Schwanz steif, du voll verkatert, siehst nur Fotzen und Titten vor dir? Und massenweise Brustwarzen: rosa Nippel und braune Nippel, aufgerichtete oder runterhängende Brustwarzen mit Hof. Ärsche und kleine knackige Popos, jede Menge. Klein, groß, schwarz, gelb, minderjährig, alles wurscht, Hauptsache Frau. Du kannst nichts dafür. Oder machst du das freiwillig? Du kannst nicht anders als dich am Schwanz packen und dich ins Badezimmer schleppen. Genau so wie 'ne blöde Lehrerin ein unartiges Kind aus dem Klassenraum hinausführt.«

Ich spürte Kláras Blick im Rücken.

»Und weißt du, was ich am allerschlimmsten finde? Dass es bei vielen Frauen *genauso* ist. Natürlich ist das ein wenig anders, aber im Grunde genommen gleich. Irgendwo taucht ein hübscher Mann oder *ein richtig süßer Junge* auf – so was sagen die, *ein richtig süßer Junge* – und da schlottern ihnen schon die Knie und ihre Höschen könnte man glatt auswringen.

»Norbert, geh ins Bett.«

»Stell dir jetzt vor, so eine Frau geheiratet zu haben! Wie ich es immer noch mit Klára machen will. Ich liebe sie nämlich, Doktor! *Ich liebe sie*, kannst du das verstehen?«

»Ich glaube schon.«

»Übrigens, ich hab mir vorhin die beschissene Kassette angeguckt.«

»Was für eine Kassette?«, seufzte ich.

»Die aus dem Café The Globe. Die aus dem *Prager* Café The Globe. Allerdings stimmen dort ein paar Kleinigkeiten nicht.«

»Norbert, fang nicht schon wieder an.«

»Erklär mir nur eines: Wieso hat eine Zeitung, die jemand in einem Prager Café liest, eine Kulturbeilage aus Mittelböhmen?«

»Die man in einem amerikanischen Café liest.«

»In einem amerikanischen Café *in Prag*. In Prag gibt es in jeder Scheißzeitung eine *Prag-Beilage*, verdammt.«

Ich schwieg.

»Woher kommt das? Du verstehst doch, ich bin ja ein wenig intellektuell veranlagt und wir Intellektuellen ziehen grundsätzlich alles in Zweifel. Stellen Fragen. Hast du da eine Erklärung?«

»Nein, Norbert, habe ich nicht«, sagte ich. »Ich kann mir beim besten Willen nicht vorstellen, warum eine Zeitung in einem Prager Café eine Beilage für Mittelböhmen hat. Genauso wenig ahne ich aber, warum in diesem amerikanischen Café ein italienischer Cappuccino serviert wird. Das kommt dir nicht verdächtig vor?«

»Mach keinen Deppen aus mir, verdammt! Du weißt selbst, dass dein Beispiel hinkt.«

Die Kieselsteine knirschten und Klára legte mir von hinten die Arme um die Brust. Gereizt machte ich mich frei.

»Wir wissen doch beide, dass es für diese scheinbar übernatürliche Erscheinung namens *eine mittelböhmische Beilage in einer Prager Zeitung* in Wirklichkeit tausend Gründe geben kann. Ein Vertriebsfehler zum Beispiel. Oder jemand hat ganz einfach die Zeitung im Café liegen lassen.«

»Weiter?«

Ein weiterer Grund wollte mir nicht einfallen. Die Drachen auf den steinernen Blumentöpfen stierten mich an, aus jedem Maul ragten krumme Stoßzähne hervor.

»Es fehlen noch neunhundertachtundneunzig Gründe, verdammt noch mal!«

»Norbert, geh ins Bett. Das ist das Beste, was du im Moment machen kannst.«

»Ich soll ins Bett? Fick dich ins Knie, Mann! Meinst du etwa, ich kann schlafen?«

Mein Geduldsfaden riss endgültig.

»Fick du dich selber ins Knie! Millionen von Menschen können auf diesem Planeten nicht schlafen, weil sie keinen Schlafplatz haben. Millionen von Menschen siechen vor Hunger dahin, Flüchtlinge in verplombten Schmugglerlastern kriegen keine Luft, Kinder stolpern über Minen, Dreißigjährige sterben an Krebs – und der Herr Schriftsteller leidet unermessliche Qualen, nur weil seine gesunde hübsche Freundin, mit der er eine luxuriöse, mit Fernwärme beheizte Wohnung bewohnt, statt einer Prag-Beilage eine für Mittelböhmen las!«

Die Schritte hinter meinem Rücken verharrten.

»Wow«, sagte Norbert überrascht. »Das war ziemlich gut. Ich habe dich nie so reden gehört.«

Mein Atem ging laut.

»Dann hast du mich jetzt gehört.«

»Fürs erste Mal gar nicht schlecht. Deine Empörung wirkte fast glaubwürdig. Es hätte nicht viel gefehlt und meine Zweifel wären zerstreut …«

Ich drückte den roten Knopf und schaltete dann das Handy ganz aus – als ob dadurch Norbert aufhören könnte zu existieren.

Klára sah mir besorgt zu.

»Ich komme mir ganz furchtbar vor«, sagte ich. »Genau so wie in der Geschichte von Salinger.«

Sie streichelte mir über die Wange.

»Du hast es gut gemeint«, flüsterte sie.

29.

Die restlichen vier Tage rief Norbert nicht mehr an. Ich quälte mich mit düsteren Überlegungen, ob ich ihn selbst anrufen sollte, aber ich verschob den Anruf immer wieder auf später. Stattdessen rief ich endlich in der Kanzlei an: Sandras Stimme klang bemüht fröhlich wie bei einem Krankenhausbesuch. Vielleicht hatte ihr das schon jemand gesteckt, vermutlich Nina. Unser Chef ist durchgedreht. Er macht mit einer Zwanzigjährigen, die er laut Auftrag beschatten soll, rum. Nina wird es wohl von Ruth erfahren haben. Warum auch immer. Die Fragen häuften sich.

Mit Ruth habe ich zweimal telefoniert. Ich bemühte mich um einen unbeschwerten Ton, aber er wollte mir nicht richtig gelingen. Nach Zdeněk fragte ich absichtlich nicht. Nina rief nur noch einmal an. Sie war sehr freundlich, aber als ich eine leicht doppeldeutige Anspielung fallen ließ, ignorierte sie sie und wechselte sofort das Thema. Ich war eigentlich sogar ganz froh darüber.

Das Ende der Reise verbrachte ich in einer Art dumpfen Trägheit: essen, besichtigen, essen, Museum, essen, irgendein Garten oder Palast. Ich hörte auf, mir die Namen zu merken, und trotzte herum wie ein kleines Kind. Klára dagegen beschloss offensichtlich, sich ab jetzt nicht einmal mehr die kleinste Winzigkeit des geplanten Programmpensums entgehen zu lassen – jedes Kloster, alle Höhlen und alle Statuen mussten besichtigt werden. Sie war bereit, meine Apathie spöttisch zu tolerieren, aber natürlich dachte sie nicht einmal im Traum daran, sie mit mir zu teilen (wenn auch nur aus reiner Solidarität). Dafür wurde ihr Reiseenthusiasmus noch größer. Sie kaufte sich einen zweiten Notizblock und spannte den fünften Film ein. Sie freundete sich mit unserem jungen Reiseleiter an und während der

Busfahrt oder beim Warten in den Abflughallen führte sie lange Diskussionen mit ihm. Die junge Sinologin in Aktion. Es war mir von Anfang an klar, dass sie unseren Sex lediglich als einen *fakultativen* Programmpunkt in dem ohnehin zum Bersten vollen Reiseprogramm ansah. Unsere Bettspielchen stellten nur eine exotische Erweiterung des Gesamtkonzeptes dar: vormittags eine rührende Alte mit zusammengebundenen Füßen, mittags Teeaufguss mit gerösteten Grillen und Krebsen, nachmittags ein vierzig Kilo schwerer *Pipa-Spieler* – und abends eine Portion wilden Sex mit einem fünfzigjährigen Detektiv (einmal hatte sie sogar eine Schlangensalbe als Aphrodisiakum gekauft, wir benutzten sie dann aber eher als Gleitmittel). Zurück in Prag wirft sie mich weg wie das Flugticket. Hübsch, klug und berechnend. So begehrenswert, so leidenschaftlich, so grausam.

Ich sehnte mich nach Nina und nach Ruths ruhigem Lächeln.

Am letzten Tag vor dem Abflug nach Helsinki versuchte ich meine Unabhängigkeit wiederherzustellen. Ich blieb nur am Vormittag mit der Gruppe – das heißt auch mit Klára – zusammen und machte mich nach dem Mittagessen alleine auf den Weg. Ich lief aufs Geratewohl los. Als sich meine Müdigkeit und das Gefühl der Einsamkeit bis ins Unerträgliche gesteigert hatten, nahm ich ein Taxi und fuhr ins Hotel zurück. Ich nahm ein möglichst ausgedehntes Bad, aber danach hielt ich es in dem leeren Zimmer nicht mehr aus und fuhr mit dem Aufzug in die Hotellobby hinunter. Dort bestellte ich einen Scotch und blätterte desinteressiert *China Daily* durch: *Human Rights Co-op with UN Increases. Tibet's March Towards Modernization.* Über solche Artikel konnte sich Klára wahnsinnig aufregen, mich ließen sie mehr oder minder gleichgültig. Die Probleme der Welt überstiegen meine Kräfte. Meine eigenen Probleme reichten mir vollkommen.

Ein in der Falle einer extrem politisierten Welt gefangener Hedonist, würde mir Norbert vermutlich ein Kundera-Zitat entgegenhalten.

In Helsinki hatte es neun Grad unter null.

Die Eingangshalle und das Restaurant im Bonus Inn Hotel waren daher noch kälter und bis auf zwei Paare mittleren Alters ganz leer. Unsere Rentner stellten sich diszipliniert an der Rezeption an; Klára und ich nahmen am Ende der Schlange Platz.

»Trockne deine Tränen / und lächle mich mit verweinten Augen an«, rezitierte ich. »An jedem Tag geht etwas Schönes zu Ende / an jedem Tag fängt etwas Schönes an.«

Sie war nicht sicher, wie sie meine Ironie verstehen sollte – ich allerdings auch nicht.

»Lass uns schnell das Gepäck aufs Zimmer bringen. Dann können wir uns gemeinsam in dieser sibirischen Kälte betrinken«, sagte sie.

»Und weiter?«

Worauf hoffte ich? Worauf um Gottes willen wartete ich noch? Wusste ich mit fünfzig denn immer noch nicht, was ich eigentlich vom Leben wollte?

»Wie wär's mit letztem Sex?«

Wie elegant sie das sagte. Ich gab mich zufrieden. Die Frau an der Rezeption hatte noch mehr Pickel als das letzte Mal. Natürlich konnte sie sich noch an mich erinnern. Als sie mir die Zimmerkarte reichte, lächelte sie säuerlich.

»Thank you very much«, bedankte ich mich.

Ich griff schon nach meinem Koffer, da rang sie sich zu meiner Überraschung die Frage ab, wie es mir nun in China gefallen hätte. Offensichtlich war ihre Arbeit dermaßen langweilig, dass sie bereit war, sogar mit solchen Problemgästen wie mir Konversation zu führen. Ich sagte, China sei ein großes, inspirierendes Land.

»Inspirierend?«, fragte sie höhnisch. »Was meinen Sie damit?«

»Zum Beispiel, dass dort auch heute noch die Frauen an den Füßen zusammengebunden werden.«

»Welche Stellung fehlt uns noch?«, fragte Klára eine Stunde später.

Wir waren soeben im Hotelrestaurant bei der zweiten Flasche angelangt und sie meinte ihre Frage ganz ernst. Nachdenklich kniff sie die Augen zusammen und legte sich den Zeigefinger an die Lippen. Sie kannte ihre Vorzüge und wusste sie ins Bild zu setzen. Eine verdorbene Schülerin. Ich ließ mich auf das Spiel ein.

»Lass mich nachdenken ... von Angesicht zu Angesicht?«

Ich meinte das nicht einmal witzig, aber Klára kringelte sich trotzdem vor Lachen. Mit beiden Händen umklammerte sie die Tischkante, beugte sich zu mir nach vorne und gab mir einen langen und intensiven Kuss. Wir wussten beide, dass das ein Vorschuss auf die heutige Nacht war, eine Belohnung dafür, dass ich die morgige Trennung tapfer hinnehmen würde.

»Wo guckst du ständig hin?«, fragte sie.

Unauffällig zeigte ich auf ein Paar, das auf der gegenüberliegenden Seite des Restaurants saß. Sie war eine große, etwa vierzigjährige Blondine, er sah ein paar Jahre jünger aus. Sie tranken den gleichen Wein wie wir und spielten seit mehr als einer Stunde eifrig mit Würfeln (das Spiel feiert wohl gerade auf der ganzen Welt seine Renaissance, dachte ich). Ich hatte das unbestimmte Gefühl, dass sie uns beobachteten – aber vielleicht war ich gerade dabei, ähnlich wie Norbert paranoid zu werden. (Ob man noch von Paranoia sprechen kann, wenn sich der Verdacht bestätigt hat?)

»Verstehe ich nicht«, sagte sie.

Es war nicht zu erklären, da ging es lediglich um Intuition.

»Entschuldige mich bitte.«

Ich stand auf und ging auf die Toilette; als ich an dem Tisch vorbeikam, an dem das Paar saß, blieb ich stehen. Sie sahen nicht sonderlich überrascht aus. Auf der blauen Tischplatte vor ihnen standen nur die Flasche, zwei Gläser und der Becher mit den Würfeln; etwas seitlich lag ein Heftchen, in das die Ergebnisse eingetragen wurden.

»Wer gewinnt?«, fragte ich auf Tschechisch lächelnd.

Der Mann machte ein ratloses Gesicht und sah seine Partnerin an, die etwas zu mir sagte. Vermutlich sprach sie Finnisch, aber es hätte genauso gut Norwegisch oder Schwedisch sein können. Aus ihrer Handtasche, die über die Stuhllehne hing, ragte eine finnische Mutation der Zeitschrift ELLE hervor. Ich beruhigte mich; innerlich fand ich mein Misstrauen sogar richtig beschämend. Ich wiederholte meine Frage auf Englisch und der Mann tippte sofort mit dem Daumen auf seine Brust.

»Have fun«, wünschte ich ihnen.

»You too«, sagte die Blondine mit einem Anflug von Heiterkeit und ließ ihren Blick bedeutungsvoll an Klára hängen.

»Bring mich aufs Zimmer und mach es mir«, bat Klára, als wir die Flasche leer getrunken hatten. »Ganz grob. Nicht sanft. Ich will es grob haben.«

Ich zog mein Portemonnaie, zählte die Scheine ab und

legte sie auf den Tisch. Klára stand vorsichtig auf. Ich nahm sie und trug sie in den verglasten Fahrstuhl; die Aluminiumtür stand offen. Der Frau an der Rezeption war ihr Missfallen deutlich anzusehen. Als sich die Kabine in Bewegung setzte, winkten uns dafür ihre beiden Landsleute konspirativ zu.

Am nächsten Tag traf ich sie im Flugzeug wieder. Sie saßen schon und begrüßten mich fröhlich.

»Wer hat denn gestern gewonnen?«, fragte ich auf Englisch.

Die Blondine zögerte kurz und sah ihren Reisegefährten an. Erst da merkte ich, dass der Mann ein *tschechisches* Tauchermagazin las.

»Natürlich *wir*, Herr Doktor«, antwortete sie auf Tschechisch. »Wer denn sonst?«

Zum Glück war Klára in dem Moment ein paar Meter vor mir entfernt und hörte uns nicht.

»Meine Gratulation«, sagte ich.

Ich beschloss, Klára von diesem kurzen Gespräch nichts zu erzählen.

30.

Kláras weinroter Trolley kam als eines der ersten Gepäckstücke auf das ovale Förderband herausgeschossen. Ich half ihr, ihn vom Band zu nehmen. Die Rentnerin aus Milevsko schüttelte den Kopf und flüsterte ihrer Freundin geheimnisvoll etwas zu.

»Du gehst als Erste, oder?«, sagte ich.

»Wir gehen zusammen.«

Ich wartete noch auf mein Gepäck und dann gingen wir

gemeinsam zum Ausgang. Die hydraulische Tür war noch zu.

»Haben wir etwas Wertvolles zu verzollen?«, fragte ich sie mit ernsthafter Miene.

Sie blieb stehen und umarmte mich ein letztes Mal.

Zuerst sah ich Norbert – im Gespräch mit den beiden Detektiven. Ruth oder Nina waren nirgendwo zu sehen. Klára ließ ihren Trolley stehen und rannte zu ihm. Die Detektive traten einen Schritt zur Seite und sie warf sich Norbert um den Hals. Auf so etwas war weder er noch ich vorbereitet. Ich sah zur Seite und Norbert stellte Klára wieder auf den Boden. Er sah sehr verschlossen aus.

»Was hast du?«, wunderte sie sich.

Einem uneingeweihten Beobachter wäre ihre Überraschung ganz echt vorgekommen, aber Norbert und ich wussten leider zu gut Bescheid.

»Bringt sie nach Hause«, sagte er zu den Detektiven, ohne Klára anzusehen.

Sie blieb konsterniert stehen, protestierte allerdings nicht, was praktisch einem Geständnis glich. Er drehte ihr den Rücken zu und ging zu mir.

»Und du kommst mit!«, befahl er.

Gehorsam folgte ich ihm.

Meine Leute warteten draußen: Ruth, Nina und Sandra, sogar Stoffel. Alle waren aus irgendeinem Grund schwarz gekleidet und hatten ernste Mienen. Eine panische Angst befiel mich – aber um wen hatte ich eigentlich Angst?

»Die Abschiedsszene«, verkündete Norbert kühl.

In den Augen der anwesenden Frauen lagen Tränen, aber keine Erklärung.

»Was wird hier für'n Quatsch gespielt? Warum tragt ihr Schwarz?«

»Er hat es uns befohlen«, schluchzte Sandra und zeigte mit dem Finger auf Norbert.

»Nimm Abschied von ihnen, du siehst sie alle nie wieder«, sagte er.

»Du hast doch nicht etwa vor, etwas Unüberlegtes zu tun, oder?«

»Im Gegenteil. Diese Szene habe ich schon lange geplant. Ich gebe dir ganz genau eine Minute.«

Ich trat zu Ruth, sah sie fragend an und sie drückte mich an sich.

»Sie bleibt bei Zdeněk«, informierte mich Norbert. »Euer Modell hätte sowieso nicht mehr lange gehalten.«

Zu meinem Entsetzen nickte Ruth. Nina küsste mich lediglich auf die Wange.

»Leb wohl«, sagte sie. »Ich hätte dir so viel sagen wollen – das wusstest du, oder? Aber du hast mir keine Chance gegeben.«

Norbert öffnete die Beifahrertür.

»Steig ein!«

Sandra und Stoffel winkten mir nur zu.

»Wo fahren wir hin?«, fragte ich, obwohl ich es wusste.

Ich spürte einen unangenehmen, beklemmenden Druck in der Magengegend.

»In dein Büro, wohin denn sonst«, sagte er. »Wir wollen uns die Kassette gemeinsam angucken.«

Er sah mich nicht direkt an, genau so wie vorher bei Klára. Das konnte ich gut nachvollziehen.

»Sollen das Variationen auf Hamlet sein?«

»So ungefähr.«

Norbert starrte immer noch auf die Bremslichter des vor uns fahrenden Autos.

»Die beiden waren wohl von Zumr«, sagte ich.

»Ja.«

»Die waren echt gut. Ich habe sie gestern wirklich für zwei Finnen gehalten.«

Er sagte nichts.

»Interessiert es dich, warum die so gut sind?«, fuhr ich fort. »Weil sie im Gegensatz zu mir keine Skrupel haben.«

Norbert presste spöttisch die Lippen zusammen, fuhr auf die Autobahn und trat aufs Gas. Nach ein paar Minuten zeigte der Tacho einhundertachtzig Kilometer pro Stunde.

»Fahr bitte etwas langsamer«, bat ich ihn.

»Halt die Klappe!«

Zum ersten Mal drehte er sich zu mir und sah mich hasserfüllt an.

»Was hast du, was ich nicht habe?«

Beunruhigt beobachtete ich die schnell vorbeiziehende Landschaft.

»Nichts. Norbert, wir wissen das doch beide. Ich bin bloß *neu*. Ich schlafe mit ihr nicht seit zwei Jahren wie du. Das ist alles.«

»*Neu*? Neu ist jeder. Dann könnte es jeder sein!«

Ich versuchte die Antwort zu vermeiden.

»Sie ist ne Nutte!«, schrie er. »Eine verdammte Nutte!«

Der Wagen vor uns zwang ihn glücklicherweise zu einer etwas langsameren Fahrt.

»Norbert, falls ich wirklich nur eine literarische Figur bin, die du Klára als Versuchung in den Weg gestellt hast, aus welchem Grund willst du dann über sie richten? Dafür, dass sie Fantasien nachging? Jeder hat seine Fantasien.«

Er hörte mir nicht mehr zu.

»Ich bring dich um«, verkündete er. »Weißt du das?«

»Das war doch alles gut gemeint«, sagt Denis. »Das solltest du nicht vergessen.«

Ich hülle mich in Unheil verkündendes Schweigen.

»Ich habe sie gedeckt, weil ich dir nicht wehtun wollte. Damit hat das Ganze doch angefangen. Ich gebe zu, dass es später außer Kontrolle geraten ist.«

Ich ramme ihm den Lauf der Pistole so heftig in den Mund, dass dabei ein Stück Zahn abspringt; der Splitter bleibt an seiner Unterlippe kleben. Ich fasse ihn mit spitzen Fingern an und schnipse ihn auf den Boden. Die Destruktion der Figur beginnt. Denis' Augen irren wild herum. Ich ziehe die Pistole aus seinem Mund, nehme sein neues China-Jackett vom Tisch und wische den besabberten Lauf mit ihm ab; die Seide nimmt die Flüssigkeit schlecht auf.

»Lass uns Schluss machen«, sagt Denis atemlos. »Wenn du mich wirklich umbringen willst, tu es schnell. Bitte.«

Ich schüttle den Kopf.

»Das Tempo des Erzählten zu loben heißt keinesfalls die Lust an der Langsamkeit zu leugnen«, doziere ich.

Obwohl er nackt ist, rinnt ihm der Schweiß herunter.

»Du hättest das auch gemacht!«, ruft er. »Wenn du in meiner Situation gewesen wärest, hättest du auch gelogen! Du hättest verzweifelt versucht, möglichst glaubwürdig zu wirken! Jede Lüge wäre dir recht gewesen!«

»Das kann ich nicht ausschließen«, antworte ich langsam.

»Und auch du hättest dir eingeredet, du würdest aus lauter Rücksichtnahme handeln.«

Ich hole weit aus und schlage wieder mit dem Kolben in sein Gesicht.

»Sprich das Wort nie wieder aus. Das Wort Rücksichtnahme streichst du für immer aus deinem Vokabular. Wirst übrigens kaum noch Gelegenheit haben, es zu benutzen.«

Dann tritt Denis plötzlich aus seiner Rolle.

»Das kommt dir glaubwürdig vor? Dieser Dialog, der klingt, als käme er aus einem Western?«

»Die Dialoge bewerte ich.«

»Hast du keine Angst, dass der Leser dich für einen Idioten hält?«

»Der Leser müsste wirklich sehr naiv sein, wenn er nicht begreifen würde, dass der Schriftsteller einem Schauspieler gleich lediglich seine beste Nummer vorführt. Der Leser soll nicht fragen: ›Warum benimmt er sich so abstoßend?‹, sondern: ›Was gewinnt er dadurch, dass er ausgerechnet diese Maske aufsetzt?‹«

»Und die Pistole? Ist das nicht billigstes Schmonzettenniveau?«

»Als eine der grundlegenden Regeln der schöngeistigen Literatur gilt ein freiwilliger Konsens zwischen dem Leser und dem Autor, der von Coleridge als ›Unterdrückung des Unglaubens‹ bezeichnet wird«, sage ich. »Der Leser weiß, dass das Erzählte eine imaginäre Geschichte ist.«

Denis schneidet eine Grimasse.

»Heutzutage hat jeder eine Pistole – also warum nicht ich?«, fahre ich fort. »Ich habe einen Waffenschein, gehe regelmäßig zum Übungsplatz ... Der Zorn hat sich lange in mir aufgestaut, ein kurzschlussartiges Überreagieren wäre nicht unglaubwürdig. Ein Mord aus Eifersucht – das kennt man doch.«

»Aber ...«

Ich drücke ihm die Pistole ans Kinn und er wird still.

»Außerdem vermische ich nachweisbare Realität mit reiner Fiktion, sodass der Leser am Ende nicht mehr weiß, woran er ist. Betrogene Ehemänner werden womöglich in den Gelben Seiten nach dir suchen, aber da bist du schon lange tot.«

»Okay«, sagt Denis ruhig. »Mich wirst du los. Vielleicht

schaffst du dir auch Nina und Ruth vom Hals – die sind ja ohnehin bloß literarische Figuren.«

Ich nicke.

Auf seinem blutenden, geschwollenen Mund breitet sich ein triumphales Lächeln aus.

»Aber was machst du mit Klára?«

Ich drücke ab. Aber seine Frage wird nicht einmal von dem Schuss übertönt.